脱北者たち

北朝鮮から亡命、
ビジネスで大成功、奇跡の物語

茨城キリスト教大学経営学部教授
申美花
Shin Meehwa

駒草出版

脱《だっ》北《ぽく》者《しゃ》たち

北朝鮮から亡命、ビジネスで大成功、奇跡の物語

申《しん》 美《み》花《ふぁ》

目次

企画・構成　神山典士
装幀　芦澤泰偉
本文デザイン　五十嵐 徹（芦澤泰偉事務所）
カバー写真　Shutterstock
本文写真　申 美花

プロローグ

自分は何者か

朝鮮半島の軍事境界線である38度線は、そこから北と南で各2キロずつ非武装地帯が設けられている。人が走ると25分かかる距離だ。

この地帯を多くの地雷や軍隊の監視などを避けて傷だらけになりながら鉄条網を越えて走る人がいる。ときには夫婦で。ときには幼子を抱えて。

また西海を泳いで韓国側の島へ渡った男性もいる。妊娠した体で豆満江《トゥマンガン》を泳いで中国の国境へ渡る女性もいる。2017年の11月には板門店《パンムンジョム》の軍事境界線を車で突破しようとする北朝鮮兵士もいた。

皆が死ぬ覚悟で、それでもなお「自由」を求めて走る、走る、走る——。

反共教育を受けた少女時代

韓国の普通の家庭に育った私にとって北朝鮮は遠い国だった。私の少女時代の1960年代、韓国では反共教育が徹底的になされていた。大人たちに教えられた通り、私も「共産主義の人々は顔が赤くて頭に角が立っている」と疑いもせずに信じていた。

30年前、80年代に留学して日本に住むようになってからも、核とミサイルで日本と韓国を脅かす北朝鮮はまったく話が通じない遠い国でしかなかった。

本来なら韓国と北朝鮮は同じ朝鮮なのに北朝鮮を「自分の祖国」だと思ったことはなかったし、それどころか「敵」だと考えていた。

それは恐らく私が生まれたときにすでに38度線が引かれていたからだろう。

第二次世界大戦末期にソ連とアメリカによって朝鮮半島の38度線を境界とする南北分割占領が行われ、その後、列強国の思惑に翻弄される形で朝鮮戦争が勃発した。

1950年6月25日から3年間で100万人以上の犠牲者を出した朝鮮戦争は民族間で起きた最も悲劇的なイデオロギー戦争だった。その後、この38度線は越えられない国境線になり、分断されてから70年以上も同じ民族が敵としてにらみ合いを続けている。

朝鮮戦争後の混乱の中で韓国では軍事政権が立ち上がり、1993年まで続いた。その間、政府は独裁政治を続けるために北朝鮮からの脅威を口実にして自分たちの立場を正当化した。

その一環として私たちは幼年期に徹底した反共教育を受けさせられた。今でも覚えているのは道徳の教科書に載っていた一つの美談である。

韓国のある山村の民家に北朝鮮の工作員が侵入する。工作員は小学2年生の男の子の目の前で母親と弟と妹を殺し、男の子に「共産党が好きですと言いなさい」と脅迫する。しかしその少年は抵抗し、口をちぎられながらも「私は共産党が大嫌いです！」と叫びながら死んだ、というストーリーだ。

この反共神話の男の子は英雄視され、のちに映画化。小学校には少年の銅像が建てられた。素直な子供だった私の脳裏にも、それはすばらしい美談として刻まれた。

町の目立つところには「北朝鮮のスパイを申告すると報奨金が与えられる」というポスターが貼られていた。少女だった私は巨額の報奨金をもらえるなら、我が町にスパイが住んでくれないかと密かに願っていたくらいだ。

北朝鮮が飛ばしたと言われる赤いビラを拾い警察まで持っていくと、お褒めの言葉はもちろんのこと、ノートや鉛筆をご褒美にくれた。

中学生のときに学生スピーチ大会があった。スピーチ大会のテーマは必ず「反共」だった。「共産党はいかに悪いものであるか」を顔を真っ赤にして大きな声で力強く叫ぶ男の子が毎回優勝する。

学校で行く映画鑑賞会では必ず反共映画が上映され、私たち生徒は韓国軍人が北朝鮮軍を殺すシーンで歓声とともに熱烈な拍手を送った。

「そうだ！　敵を殺せ！　殺した死体を踏んで、どんどん進むのだ。誇らしい我が軍人よ、どんどん北へ進め！」

興奮した私たちは席を立って足を踏み鳴らしたものである。


女子高に通っていたとき、学校から必ず出される課題の中で最も悩まされたのが慰問の手紙だった。軍隊に入っている名も顔も知らない軍人に慰問の手紙を強制的に書かされるのだ。

「敬愛なる軍人のお兄様へ」

次がなかなか書けなくて悩んだ末、恋愛小説をパラパラとめくって、その真似をして書いて送ったことがあった。

ある日、朝礼の時間に私は担任の先生から名前を呼ばれて一枚の葉書を渡される。慰問手紙を書いた軍人からの返事が高校に届いたのだ。

顔を真っ赤にして受け取った私は席に戻ってこっそり読もうとしたが、あっという間に葉書は友達に奪われ、回し読みをされてしまう。恋愛もどきの葉書の噂は、またたく間に全校に広がり、卒業まで友達にからかわれた。ほろ苦い記憶である。

民主化闘争

大学生になった頃、朴正熙《パクジョンヒ》大統領の長期独裁政治に反対する民主化運動が起きた。その頃になってやっと国民は反共教育は独裁政治を正当化するために行われたものだと気付き始めたのだ。

私も激しい民主化運動の後尾に立ち、催涙弾と戦う日々が続く。「催涙弾」は文字の通り、白い煙を吸い込んだ瞬間に涙と鼻水が滝のように溢れ出る。

催涙弾を浴びそうになったら一目散に逃げないと息ができなくなる。それほど強烈だった。私は足が遅いので素早く逃げられず、白い煙を人の2倍吸ってしまうことも多かった。

大学に通っていた4年間は、まともに授業を受けられなかった。戒厳令が発令され、大学が閉鎖されたからだ。

デモの先頭で戦っていた男子学生たちは次から次に捕まって刑務所に入れられる。仲の良かった同級生も警察に追われる身になって逃亡した。

その同級生は教授の家に身を隠していたが、ある日、珍しく大学に出てきて私に一枚の紙を渡し、すぐに姿を消した。

その紙には彼の自宅の住所が書かれていた。彼の自宅まで下着と着替えを取りに行き、教授の家に届けてほしいというのだ。彼と私は恋愛関係にあったわけではなく、闘争の同志だった。

私は闘士を助けてあげられるという使命感に燃えて彼の自宅に行って事情を話した。すると彼の母親は私の顔をじっと見ながら心配そうな顔でこう言った。

「あの子は次男だけど叔父の家に跡継ぎがいなくて養子に送ったのよ。だから行く行くはその家で長男代わりになるのだけど大丈夫？」

私を息子の恋人と勘違いしたのだった。当時、女性にとって長男の嫁になることはたいへんなことだった。

まだウブで恋愛などしたこともなかった私は気が動転してしまった。でも「私たちは、ただの同級生です」とも言えなくて、そそくさと衣類を受け取り、同級生が隠れている教授の家へ急いで向かう。

彼の母親から渡された綺麗なはずの下着が急に不潔に思えてきて彼を呼び出すと無言で投げつけるように渡して家に帰った。

「女の自立」を求めて韓国から脱出

とにかく韓国から脱出したい。

脱出したい最も大きな理由は「女の自立」が韓国にはないこと。その頃の韓国はまだ男尊女卑の世の中だった。結婚しても跡継ぎの男の子を産まないと認めてもらえない。

私の親友は姉が3人いるのにまた女の子が産まれたということでお父様が「後男」という名前を付けた。偶然だと思うが彼女は後で弟を持つことになる。しかし親友の名前を呼ぶたびに腹の奥から訳のわからない怒りがこみ上げてきたのを覚えている。

同じ大学を卒業して就職しても男女の給与の差は大きく、しかも仕事は結婚するまでというのが一般常識だった。そのことに納得できなかった私は男女の給与差がない高校の教師を目指す。内定が決まって喜んでいる私に高校の担当者は覚え書きを書くようにうながした。

「私は結婚と同時にこの学校の教師を辞めます」

何かおかしい……。

その頃、お金持ちの同級生が何人も続いて海外に留学していった。それを聞いて私もこの狭い世界から離れて海外に留学したいという思いがさらに募る。外の世界を自分の目で確かめてみたい。女性でも海外でなら自分の能力を発揮できるような気がした。

しかしお金のない私には方法が見つからない。仕方なく5年間、黙々と教師の仕事を続けた。フルブライト奨学金などに応募しようとしても文系出身の私には資格がない。

朴正熙大統領が韓国の重工業育成のために理工系大学生を中心に海外へ留学させた伝統を、その次の大統領たちも受け継いでいたからだ。

ある日のこと。先輩が日本の文部省（現・文部科学省）奨学生として選ばれて日本に留学したという噂を聞く。

急いで調べたら奨学生に選ばれれば授業料免除とともに毎月、生活補助金として18万5000円が支給されることがわかった。さらに家賃補助金まで出る。これは最高のチャンスだと思い、それまでまったく縁もゆかりもなかった日本語を一から学び始めた。

仕事と食事の時間以外は日本語に埋もれる日々を過ごしたおかげで、わずか1年で運よく合格することができた。

日本へ留学をした1986年

韓国では全斗煥《チョンドゥファン》大統領の軍事独裁政治がさらに猛威を振るっていた。留学する者は皆そうだったが、私も留学前に何時間も「安保教育」を受けた。

「日本には在日本朝鮮人総連合会（以下、朝鮮総連）がある。彼らは共産主義者だ。この朝鮮総連を通して北朝鮮のスパイがお前たちに近づく可能性が高い。お前たちの先輩の中で彼らの勧誘で朝鮮総連の会員になり、北朝鮮へ行って二度と韓国に戻れなくなった人もいる。いかなる場合でも彼らと接触するな」

という趣旨だった。

翌年の1987年11月に北朝鮮の元工作員の金賢姫《キムヒョンヒ》による大韓航空機爆破事件が起きた。そういった緊迫した時代だったのだ。

日本に留学した私は学問、就職、同胞との結婚、出産などさまざまな経験をする。子供を2人産みながらもバリバリのキャリアウーマンとして働き続けたが、90年代初めの日本では働く母親の仕事環境はまだまだ整っていなかった。

夕方5時近くになると保育園に預けている子供をどちらが迎えに行くかでお互いの会社の電話口で私と夫のケンカが始まる。それでも母親である私が行かなくてはならないことが多く、時間との戦いの日々だった。

今でも覚えているのは、あるクライアントの怒りに満ちた電話だ。夕方5時の退社間際に、そのクライアントに約束していた書類20枚をファックスで送った。当時はメールなどなく書類を最も早く渡す手段はファックスだった。

ファックスの送信ボタンを押して、夕方6時まで子供の面倒を見てくれている保育園に急ぎ向かった。でもアンラッキーなことにクライアントには書類が19枚しか届いていなかった。中の2枚がくっついた状態で送信してしまったのだ。

すぐさまクライアントから電話がかかってきたそうだが、担当者である私はすでに会社にはいない。電話を受けた同僚は、

「お宅の会社は何なんだ。世の中、5時に社員が退社してしまう会社がどこにあるのか！」

と怒鳴られたそうだ。

翌日、同僚からその話を聞き、びっくりした私はクライアントに詫びようと思って電話をしたが、相手は怒っていて電話口に出てくれない。それも当然。当時は某有名栄養ドリンクの

「24時間、戦えますか。ビジネスマン♪　ビジネスマン♪　ジャパニーズビジネスマン」

というCMが大流行していた時代だった。

ワークライフバランスなんてとんでもない。ワークかライフか一つを選択しなければ社会から追放される時代だった。

新天地を求めてニューヨークへ

そんなことが何回か続いたこともあり、子育てをしながら仕事を続けることがしんどくなってしまった。いろいろ考えたあげく仕事を辞めてニューヨークに留学することにした。生後9か月と2歳の乳幼児を連れて、である。

主人は、

「夫婦は一心同体だ。あなたが成長することで僕もいっしょに成長できると信じている。頑張りなさい！」

と背中を押してくれた。その上、主人は仕送り役として日本に残って働いてくれると言う。

1993年のことである。

荒野に立つ一匹狼だ。それも赤ちゃん連れの。

これから新天地でのドキドキワクワクした生活が始まる。会社の同僚たちは「自殺行為だ」と止めたが、新天地へ行くのだという高揚感でいっぱいになっていた私を止めることは、誰にもできなかった。

知り合いが一人もいないのに留学先にニューヨークを選んだ理由は自分がロールモデルとする「自立する女、カッコいいキャリアウーマン」がたくさんいそうだったから。しかし、いざニューヨークに行ってみると現実はそんなに甘くなかった。

カッコいいキャリアウーマンは周囲に一人もいなかった。知り合った既婚女性のほとんどは専業主婦だったし隣の奥様も仕事はしているようだが、定時に終わる公務員。

私自身が学生で会社勤めではなかったので、付き合いが限られていたのかもしれないが、描いていた理想とは大違いの毎日だった。

一番、我慢ができなかったのは保育園だ。愛情たっぷりで面倒を見てくれる日本の保育園とは違い、ニューヨークの保育園は「お金を払った分だけ子供の面倒を見る」という資本主義の最先端の冷たい契約社会だった。

ある朝、当時まだ0歳だった長女を連れて保育園に入ったとき、木製のケージの中で泣き続けている赤ん坊に向けて保育士の叫ぶ声が聞こえてきた。

「クレージー！」

そして起こるべくして事件が起きた。

寒い冬の朝、大雪が降る中、凍り付いた道を車で走っていたら突然エンジンが止まった。周囲にはいくら見回しても公衆電話がない。コンビニもなければ住宅もない。

仕方なく1歳の娘を胸に抱き、3歳の長男の手を引いて車から降り、道路の脇に立って通り過ぎる車に助けの合図を送ったが、1時間続けても誰も車を止めて私たちを乗せてくれようとはしない。忙しいラッシュアワーの時間で、しかも前が見えないほど大雪が降る中、子供を連れている人のために車を止めたら、きっと厄介なことが起こると思ったのかもしれない。どの車も知らんぷりを決め込んでヒュウヒュウと行ってしまう。どんどん手足が冷えてくる。

長男は退屈なのか雪を足で踏みながらいたずらをして遊んでいたが、しばらくしたら泣きわめき始めた。

「ママ！　僕の足、凍った魚になる！」

あまりの寒さに子供たちの顔がどんどん青ざめていき、私も手足の感覚がなくなってきた頃、やっと1台の車が止まってくれて私たちを警察署まで連れて行ってくれた。その車の運転手は茶色の目をした東洋人だった。

放置した車の手続きを終えて学校に到着したときはもう12時近く、午前中の授業が終わろうとしていた。

「遅刻したのはアメリカの個人主義のせいだ」

と担任の先生に、まるで八つ当たりをするようにまくし立て主張し続けた。下手な英語で砲弾のように文句を言い続けている自分にもびっくりした。こんなに英語を話せるなんて！　興奮が収まらなくて、とにかくしゃべり続けただけだったのだが。

その女の先生は私の話を最後まで静かに聞いてくれた。そして、こう言った。

「あらまあ、かわいそうに……。ねえ、私の話も聞いてちょうだい。

先週、学校から家に帰るときに高速道路の入口で車のタイヤがパンクしちゃったのよ。

ほら、私、今、妊娠9か月でしょ。ふくらんでいるお腹を抱くようにして車から降りて通り過ぎる車に助けを求めたのだけど、あなたのときと同じで誰も止まってはくれなかった。

2時間くらい経って偶然に通ったパトカーの助けを借りて車のタイヤの修理をして家に帰ったときは、もう夜中の12時を過ぎていたわ。

家で私の帰りを待っていた夫は私の帰宅があまりにも遅いので、もしかしたら急に産気づいて、どこかで赤ちゃんを産んだのかもしれないと思ってニューヨーク市のすべての産婦人科に電話をしたらしいの。私の名前を教えて出産してないか確認したんだって」

その話を聞いて私の興奮もすっと収まり、落ち着くことができた。今なら携帯電話があるので、そういうときも簡単に問題を解決できるが、当時はほとんどの人は携帯を持っていなかった。

自分の問題は自分で解決するしかないのだ。

先生の話を聞きながら私一人だけが酷い目にあったということではない、個人の権利と自由を尊重するこの国に憧れてやってきて、ここで暮らすのなら誰一人、手伝ってくれなくても不満を漏らしてはいけないのだ、ということに気付かされたのである。
それがわかったとき、子供を抱えた私には、この冷たい個人主義の国では耐えられないことを悟った。

味噌汁と温かいご飯がある日本へ再び

1994年、私は子供二人を連れて1年振りに日本に戻った。ニューヨークでの厳しい生活に3人とも疲れ、痩せこけていた。アメリカの保育園では子供たちの食事を手作りで用意してくれない。2歳半の長男にはマックで買ったような昼ご飯、0歳の長女には粉ミルクを入れた哺乳瓶とスーパーで買った離乳食の缶詰を渡し、それを温めて食べさせてもらっていた。今思えば、かわいそうなことをした。

日本に戻って子供たちを入れた保育園では温かいご飯に味噌汁と栄養士が毎日バランスを考えて作るおかずを出してくれる。子供たちは、みるみるうちにぷくぷくに太った。何よりも子供が泣いたらすぐに抱っこしてくれる。

日本人の保育士は世界一ではないかと思う。子供を預ける母親にとって保育士の温かい胸の「安心感」は、なんとありがたいことか。

「女の自立」という課題を解決できないまま、ニューヨークから戻ってきた私はどうすればいいのか。どうしたいのか。

熟考した上で、やっぱり働こうと考えて100以上の企業に履歴書を送った。けれど乳幼児が二人いるためか、ことごとく断られた。途方に暮れていた私を見かねた主人から「大学院に行って勉強を続けたら?」と意外な提案をされた。

「そんな道もあるんだ!」と気付き、受け入れてもらえる大学院を調べて急ぎ願書を出し、久しぶりに集中力を発揮して猛勉強した。運よく慶應義塾大学大学院博士課程に入ることになる。

私が韓国から日本に来てニューヨークに行って、また日本に戻るなどということをしている間に韓国では多くの民衆の犠牲の上に民主政権の大統領が誕生していた。時代も変わり独裁者の死とともに反共の影も薄くなっていた。

私は異国である日本にいながら、まるで自分の母国にいるかのように楽に暮らせるようになり、子育てと勉強に夢中の楽しい毎日を送っていた。

日本にも連日、北朝鮮の核とミサイルのニュース、拉致のニュースが流れてきていた。でも日本人の友人は私を「北朝鮮人とは100%違う、まったく別の国の人」として扱ってくれた。

幼い頃から徹底的に反共教育を受けてきた私自身も、北朝鮮と韓国の国民が同じ民族であると思うことはなく、むしろ敵国として憎んでいた。北朝鮮のニュースが流れるたびに独裁政治をしている金一族をにらみつけ、暴動が起きることを日々、願っていた。

経営学者が経営に挑戦

大学院で研究を続けながら、ある大学の非常勤講師の仕事を受け持っていた。ある日、授業の後、体の大きな男の学生が私のところまで歩いてきて、こう言った。

「先生、そんなに経営学に詳しいのでしたら、なぜ自ら会社経営をしようと思わないのですか」

答えに窮してしまった。そのときは適当にやり過ごしたが、その質問は脳裏にこびりついて、こだまになって耳元に繰り返し響いた。

その問いは時間が経てば経つほど、私の心を占めるようになっていった。

やってみようか。

一大決心をしてインターネットのショッピングモールにショップを出してみることにした。韓国のお茶専門店である。半年ぐらいホームページを作る業者とやり取りしてホームページのモールを完成させたものの開店後はずっと閑古鳥が鳴く。

「やっぱりやるんじゃなかった」と後悔でいっぱいになっていたある日、重い気持ちでパソコンを開いたらショップの商品の一つ、『五味子茶《オミジャ》』に注文が殺到していた。注文を処理しても処理しても終わりが見えない。

何があったんだ？

世間に韓流ブームが来ていたのは知っていた。でもなぜ急にこのお茶に⁉

インターネットであちらこちらを調べてみたら一つのニュースが出てきた。

このお茶に注文が殺到した日の前日、韓国ドラマの『チャングムの誓い』のヒロイン役のイ・ヨンエ本人が直接テレビに出演していた。そして「忙しいときはどうやって疲労回復を図るか」というインタビューに答えていた。

「連日の撮影で忙しいときは漢方のお茶『五味子茶』を飲みます。『五味子茶』を毎日、寝る前に飲むと翌朝、体がすっきりします」

「五味子茶」は韓国人なら誰でも知っているお茶で、甘味、苦味、塩辛い味、辛味、酸味という5つの味が含まれており、人の体調によって感じられる味が違うと言われる、とても不思議なお茶だ。

放送は夜12時頃だったが、番組が終わってから人々がパソコンの前に座って、そのお茶を探し始めたのだ。

テレビの力は凄かった。

「これはうまくいく」と考えて事業を拡大するために正式に厚生労働省に輸入許可を申請した。

しかし『五味子茶』に入っている漢方成分が日本では輸入禁止になっていた。申請は通らず、それではビジネスにはならないと判断しショッピングモールのショップを閉店した。

次は何をやってみようかと考えた。

韓流ブームで50代以上のおばさんたちが韓国の若い美男子の追っかけをしていた。おばさん向けの韓国語教室をスタートさせることにした。

「ファンレターを書きたい」「男優の生の声を（吹き替えではなく）そのまま聞き取りたい」——そう考えるおばさんたちが教室に殺到した。彼女たちはお互いすぐに打ち解けて仲良くなり、いっしょにドラマの主人公の誕生日を祝ったり、韓国に旅行したりした。

ヨン様のファンたちは特に熱心で頻繁に集まって食事会を開いて楽しんだ。おばさんたちは好きな男優が軍隊に入る日には、その様子を一目見ようと韓国に飛んだ。「日本から70代のファンの女性が車椅子で韓国に来た」と韓国では連日のようにニュースになった。

そのニュースを見ていた私の母が呆れた声で私に質問した。母も同じ70代である。

「日本の奥さん方は、なぜ10代の女の子たちのように男優の追っかけをするの？　この歳になっても、まだ理想と現実の差がわからないの？」

「日本のおばさんたちを見習ってお母様も楽しんで！　こんなにピュアなおばさんたちが他のどこの国にいるでしょうか。私は素敵なことだと思います。何より平和の象徴ですよ。この人たちがいる限り国が違ってもみんな仲良くなることができるでしょう。私の韓国語教室にも生徒が集まります。お母様も私のビジネスを応援してください」

生徒のおばさんたちは熱心で仲が良かった。

夜9時に授業が終わって帰路についたが、忘れ物を思い出して教室に戻ったことがある。そうしたら授業の後1時間も過ぎていたのに教室の前でおばさんたち4、5人がまだ立ったままおしゃべりを続けていて、びっくりしたこともあった。

教室の卒業生の何人かは韓国に留学までした。とても人気のある教室として何年か続けていたが、私が大学の准教授に就職することになって教室を続けることができなくなってしまった。

そこで他の講師に任せたら生徒がだんだん減ってしまい教室を閉めた。

化粧品会社も経営するが……

韓国語教室に来ていたおばさんたちが韓国人男優の他に絶賛していたのが、女優の肌のきれいさだった。韓国の化粧品がいいと評判になっていておばさんたちがほしがっていたので当時、話題になっていたBBクリームを始め、いくつかの韓国の化粧品を輸入して販売してみた。

それが大当たり!

これならいけると思い韓国の人気商品の輸入はもちろん新しい化粧品ブランドまで立ち上げる。

大学の准教授の仕事をしながらも化粧品の仕事にはかなり力を入れた。

皮膚によいと言われるカタツムリや蛇毒の成分が入ったスキンケア製品も爆発的に売れた。

製造会社がいったいどこでカタツムリや蛇を大量にとってくるのか、そんなことは私には関係がない。それは成分をつくっている会社に任せておいて、私はブームに乗って売ることだけ考えればよい。面白いほど売れて、お金を稼ぎまくった。

化粧品会社を始めて3年経った頃、新商品としてリップスティックとリップグロスに力を入れることにした。それぞれ20種類ずつのカラーをつくって勝負をかけた。

当時は日本の化粧品売り場でかわいいピンク系のリップとリップグロスを20種類も販売するところがなかったのだ。市場での評判は上々。ドン・キホーテや渋谷の１０９でも販売し始める。女子学生に人気があり気をよくした私は次の新商品も企画し始めた。

ある日、日本の大手化粧品会社の弁護士から意匠権侵害の通知書が届いた。扱っている化粧品の容器のデザインが、その会社のコピーだというのだ。

寝耳に水――。

韓国の製造会社に問い合わせたら「その容器は中国の容器会社から輸入している。自分たちはコピーかどうかはまったく知らないことだし、責任もない」という返事。

中国の会社に問い合わせて返ってきた返事は「そういう問題はいつも起こることだから日本の化粧品会社へ行って何とかうまく話して和解してください」だった。それでは困るのだが、どう言ってもそれ以上はまったく取り合ってくれない。

日本の化粧品会社に出向いて、

「当社はコピーという事実をまったく知らなかった。これから販売を中止する」と頭を下げた。でも、それだけでは赦されなかった。「販売を中止するとともに、ただちに市場からすべての商品を回収するように」と言われた。

結局、倉庫にあった在庫と回収した商品を、すべて産業廃棄物として処理しなければならない。売れ筋商品を店舗から回収することになった取引先は怒ってしまい、私が時間をかけて必死に築いてきた信用はあっという間に失われてしまった。

ビジネス世界は冷酷非情――。

ちっぽけな零細企業が大手企業に徹底的にやられたのだ。巨大な大手企業と裁判で戦うような力は私にはない。

「こんなに零細なベンチャー企業なのだから、学習するまで一回ぐらいのミスは大目に見てくれればいいのに……」

悔しくて悔しくて眠れない日々が続く。

最も悔しかったのは、唐突に質問してきたあの体の大きな男の学生に、その後で改めてこう答えられなかったことだ。

「ほら、先生が教えた理論をビジネス現場で実践すれば先生のように成功するのよ。だからあなたも体を鍛えるのもいいけれど、経営学も真剣に勉強しなさい。将来、起業すればカッコいい社長になれるのだから！」と。

生まれて初めて睡眠薬を処方してもらった。

だが、まったく眠れない……。

やっと眠ったと思っても自分のうなる声にびっくりして目が覚めてしまう。夢の中でビジネス現場でしぶとく生き残る勇者の私が、いつの間にか雑多な知識をぺらぺらしゃべっているだけのインコに化けていた。

布団の中で汗びっしょりになっていた。

壊滅的な痛手を被って惨敗したビジネス世界から完全に手を引くことにした。いくつかのビジネスを手がけたが、失敗するたびに精神的なダメージとともにお金が大量に失われた。

仏陀の教えに心酔した者が禅の修行に無心で励むように、２０１３年から私は大学での研究と学生の指導に専念する。平和で穏やかな日々が大河の緩やかな流れのように過ぎていった。

韓国のテレビで脱北者女性に出会う

２０１５年秋頃、老親を訪ねて韓国に行ったときだった。つけっぱなしになっていたテレビを見るともなく見ていた私は、テレビのある映像に釘付けになった。

北朝鮮の若い女性がしゃべっていたのだ。もちろん私と同じ、肌の黄色いモンゴロイド人種。私が子供の頃に教えられたように真っ赤な顔ではなかったし、角も出ていなかった。

その20代の女性は大粒の涙をこぼしながら叫ぶように話していた。

「先日、北朝鮮にいる叔父と電話がつながりました。母が病気と飢えで死んだというのです。そして『ガソリン代がないので母を火葬できない。どうしようもなく真夜中にリヤカーで山の奥まで遺体を運んで急いで穴を掘って埋葬した』と……」

どういうことかと思って私は身を乗り出して聞いた。

「私がまず脱北し、中国で働きながら貯めたお金をブローカーに渡して、やっとの思いで韓国へ来ました。韓国の食堂で1年間、一生懸命働いてお金を貯め、もうすぐ母を脱北させることができると思って頑張っていたのです。それなのに母は病と飢えで死んでしまいました。母を韓国へ連れてきて白いご飯をお腹いっぱい食べさせたかったのに……」

そのテレビ番組に出演していた他の脱北者たちも涙をこらえられない様子だ。

北朝鮮との国境周辺にいる中国人のブローカーにお金を送金すると、そのうち3割が手数料として差し引かれ、残りが北朝鮮に住む家族や親族に渡されるという。

先に脱北した家族からの送金をためて脱北の下準備を進めている北朝鮮人も多いというのだ。

一生懸命、冷静を保っているかに見える脱北者の男性が解説をした。

金正恩《キムジョンウン》が2012年から山での植林運動を奨励し始めた。山に木を植えるために、これまでのように遺体をそのまま埋めず火葬してから墓に入れるようにと命じた。

しかし火葬にかかるガソリン代が労働者の月給の約8倍にもなるので、ほとんどの人は火葬できない。そこで住民たちは死者が出ると遺体を真夜中にひっそりと山に埋葬することが慣例になっている。

死体遺棄に当たるが、お互いの事情を知っている住民たちは見て見ぬ振りをして口を閉ざす。

心に衝撃が走った。

北朝鮮の人々がそこまで苦しんでいること、北朝鮮の人も韓国人と同じ顔であり体つきであること、そして一番驚いたのは「北朝鮮の人が脱北して韓国で暮らしている」という事実。

いろいろ調べ始めて脱北者の置かれている状況の酷さに胸が切り裂かれるような思いになった。

韓国に脱北者が3万人いたことにも驚いたが、実際にはもっと多くの人が脱北を試みて失敗し、命を落としたり、北朝鮮に強制送還されたりしていて韓国に辿り着いた人たちは、ごく一握りの「幸運に恵まれて生き延びた人たち」であるということにもショックを受けた。

脱北のルートは人それぞれだった。38度線を軸に南北それぞれ2キロずつで計4キロのエリアが非武装地帯と呼ばれている。

わずか4㎞なので若い人であれば25分あれば走り抜けられる。ただその4キロの間にたくさんの地雷が埋められており、両国の軍隊が厳しい監視を続けている。

この非武装地帯を軍隊の監視の目をくぐって走り、夫婦で傷だらけになりながら鉄条網を越えてきた人がいる。西海を泳いで韓国側の島へ渡った男性もいる。

妊娠した体で北朝鮮と中国の境界線を流れる豆満江《トゥマンガン》を泳いで中国へ渡った女性もいれば、幼い子供を黒いビニール袋に入れて腰に巻いて川を渡った夫婦もいる。

国境を流れるその川には、脱北途中で北朝鮮の軍人に見つかって銃で撃たれて死んだ人の死体が数えきれないほど浮かんでいるという。中国側も北朝鮮側も積極的に処理しようとしないので多くの死体が放置されているのだ。

皆死ぬ覚悟で、それでもなお「自由」を求めて脱北を図るのだ。

母親のことを思って泣いていた若い女性は私の娘と同じぐらいの歳だった。その女性の声はまるで私に向かって訴えているように聞こえた。そのとき初めて「私たちは同じ民族だ」と気付いた。

お互いの因縁を遡ったら彼女と私はつながっているのかもしれない。人類を「民族」という枠でくくるとしたら、彼女や彼女の母と私や私の娘は同じ枠の中に入るのだ。

今、彼女らが置かれている状況はいっしょに背負っていくべきわれわれ民族共通の運命なのではないか、と。

どうして今まで彼女らの事情を知らなかったのか、いや知ろうとしなかったのか。自分の無関心も罪だと気付いた。

脱北者のことを調べてみよう。そして彼らの現実を世に知らせたいと心に決めた瞬間だった。

脱韓者と脱北者の共通点

なぜ、この人たちのストーリーに心打たれ、魅了されたのか。

そこには我が人生と驚くほど共通点がある。彼らは自由のない独裁恐怖政治から必死の思いで逃れてきた「脱北者」だが、私も当時の軍事独裁政治と男尊女卑の国である韓国で暮らすことが息苦しくて日本へ逃げた「脱韓者」。

脱北者も脱韓者も人間の基本的な権利である「自由権」と「平等権」が自国になかったため、自由・平等に生きたいと思ったら脱出するしか道はなかったのだ。

一つ目の「自由権」について。

北朝鮮は今もだが、韓国も、私が脱韓した当時は政治体制に対して自由に物事を主張し表現することはできなかった。「思想の自由」が許されなかったため、政府や社会に異議があってデモを起こすと弾圧された。

北朝鮮では今でもデモなど夢想することすらできないだろう。両国は程度の差こそあれ、恐ろしい国家権力によって統制されてきたのだ。

二つ目の「平等権」について。

儒教という古い因習で「女性を差別」する韓国社会全体の雰囲気に私は我慢できなかった。性差というのはどんなに頑張っても乗り越えられない障壁である。男として生まれ変わらない限りどうしようもないのだ。

一方、一党独裁の社会主義国である北朝鮮では出身成分という差別がある。家系を3代前まで遡って調査し、金一族への忠誠度の順に三大階層、「核心階層」「動揺階層」「敵対階層」の3つに分類される。

「敵対階層」は進学、就職、結婚でさらに差別的な扱いをされる。「人民は皆平等」であるはずの社会主義国・北朝鮮の身分制度は、人権侵害の根源だとして国際社会から批判されているにもかかわらず、この制度は崩れることなくしっかり受け継がれている。

「脱北者」と「脱韓者」にこのような共通点を発見して「脱北者」への共感が増幅する中、自国から「脱すること」には意外な楽しみもあることに気付いた。

自国を出る喜び

最大の楽しみは、新しい世界で「冒険」ができることだ。学校へ行って勉強をし直してもいい、ビジネスをやってもいい、研究者になってもいい、作家になっても構わない。

新世界で、それまでとは格段に違う「自由」と「平等」を得ると、思いっきり夢に向かってチャレンジできるのだ。

それまで「自由」と「平等」がなかった分、生まれたときから当然のように「自由」と「平等」

があった人々より、その喜びははるかに大きいだろう。

もう一つの楽しみは二つの国を同時に見据える「複眼の視点」を持てることだ。脱韓者と脱北者はそれぞれ二つの国に属しながら、どちらの国にもある一定の距離を置き、二つの国の価値観の間を揺れ動きながら生きている。

二つの国、二つの社会、二つの文化を経験し、二つの枠組みで発想するという複眼の視点を持つことは、より豊かでより幅広く生きることができるわけで、そう考えると楽しくなってくる。


私が韓国を脱出して日本に来たからといって日本人になるわけではない。でも韓国に住み続けている韓国人と同じかと問われると、そうではない。その時々の事情で、どちらかの側の国民になってモノを考え対応している自分に気付く。

私を受け入れてくれた日本に感謝しているし、また一方で私という存在を生んでくれた母国を、たとえ欠点だらけの国家だとしても今も愛してやまない。

そして私を育ててくれた韓国と日本が、いつか歴史の不幸を乗り越えて仲良くなることを心から願っている。

同じく韓国の脱北者は自分たちを受け入れてくれた韓国社会にとても感謝していながら何よりも北朝鮮の人々の暮らしの向上を願っている。

南北が統一すれば真っ先に故郷へ飛んで帰りたいと思っているだろう。長い間、断絶されていた空白を埋めるかのように、親やきょうだいや親戚や村人たちと抱き合いながら何時間も泣き続けるだろう。

私が「脱韓」して日本で苦しんでもがきながら独り立ちをしたように「脱北者」たちも韓国で苦しんでもがいて独り立ちした。

脱北者たちはそれぞれ一人の人間として、つまり誰かの父として母として、誰かの娘・息子というごく普通の人間として、自由と平等の権利を得るために日々、戦ってきたのである。

そういう熱い脱北者のストーリーを日本の人たちに伝えたいという思いが私にはある。同じ「脱者」である私が伝えなくて誰が伝えるのかという思いが私の背中を押し続ける。

宝石のように輝く脱北者

私にとって2016年は日本に来て30年目の節目に当たる。この30年間を振り返ってみるとアメリカや日本、韓国の経営学を実践し、学び、教えることに夢中になっていた。ほとんどの時間を費やして巨大な資本主義の勝者を研究してきた。

戦後わが祖国、韓国もアメリカや日本に追いつこうと「産業化」のために疾走し、圧縮成長（韓国語で「短期間のうちに急速に成長を成し遂げること」）で1996年にはOECD先進国入りも果たした。

しかし、その一方で同じ民族の国家である北朝鮮では多くの民衆が餓死し、命を懸けてでも脱出を図ろうとする人々がいるという厳しい現実があった。

私たち韓国人の多くは、その現実に無関心を通してきた。核とミサイルで威嚇する国は「敵」であるからその内状を直視する価値も必要もないと思っていた。

あの初々しい青春時代に民主化のためにいっしょに戦った大学の同級生たちも、社会に出ると日々の平凡な暮らしを優先する市民になった。

私が脱北者のことを知ったときに久しぶりに友人に電話して「私の脱北者研究」について熱弁を振るっても「へえ〜」と珍しがり、それ以上、関わってこようとはしない。

他の研究仲間に私が「このテーマはすごく深いよ、共同研究をしよう！」と提案しても、北朝鮮の問題に対しては皆、身の危険を感じるようで避けられてしまった。

もう一度、荒野の一匹狼になるしかない。私は覚悟した。ニューヨークでは乳幼児2人を抱えた狼だったが、今回は正真正銘の一匹狼だ。思いきり疾走できる。

脱北のことを調べていく中で私自身のテーマを持とうと考えた。

単に「北朝鮮は怖い、人々はかわいそうだ」と発表するだけなら、これまでの報道と変わらなくなる。そういう報道はいくらでもあり、私よりはるかに詳しく調べることができる人たちもたくさんいる。

私にできることは何だろう。いろいろ調べていくうちに私は宝石のように光っている脱北者を見つけた。脱北起業家である。

私はこれまで30年間、経営の勉強や実践を続けてきた。いい商品・サービスを、それを必要としている人たちに売り、お互いがハッピーになる、その方法を追求してきたのである。もちろん金儲けだけが人生の幸せではないことは承知している。

でも人に喜ばれる商品・サービスをつくり、喜ばれるように提供していくことができれば心身ともに豊かな暮らしを紡いでいくことができる。

脱北を考えている北朝鮮の人たちは脱北行為そのものの危険性だけでなく、その後の韓国での生活に対しても大きな不安を持っているだろう。

韓国に馴染めるか、生活していけるか、幸せになれるのか。そのときに韓国で成功している脱北者がいることを知ったら、それは大きな励みになるのではないだろうか。

「北朝鮮の人たちに韓国で成功している脱北者がいることを伝えること」

——このアプローチ方法は、ずっと経営学に取り組んできた私にぴったりではないか。

私は成功している脱北起業家たちに取材を申し込んだ。

小さな統一

キム・スジン

北朝鮮の人々が脱北して韓国へ亡命するようになった過程は大きく2段階に分けられる。

第一段階は1995年から98年までの「大飢饉時代」である。

東欧の社会主義国家が89年に崩壊し、社会主義国家の超大国であったソ連が91年に解体された。それにより東欧諸国やソ連との間の貿易や援助が大幅に減り、北朝鮮の経済は立ち行かなくなっていった。

さらに94年、金日成《キムイルソン》が急死。経済状態は更に悪化していく。

空腹に耐えられなくなり、大勢の人々が脱北をした。

食料不足の原因には、金日成急逝直後に20日間続いた暴雨の影響もあった。日に日に餓死者が増え、95年から98年にかけての3年間の餓死者数は300万人超と言われる。

家族や親戚、近所の人が次々に死んでいくのを見て、人々は「命あるうちに」と命懸けの脱出を図り、中国国内に隠れ住んだり、東南アジアなどの第三国を経て韓国へ脱出したりする人が急増したのだ。

第二段階は2000年以降の「家族を呼び寄せる時代」である。

第一段階のときに脱北した人たちが韓国社会に定着し、北朝鮮や中国に滞在している家族や親族を呼び寄せる家族単位の脱北が増加した。

00年過ぎからは世界的にブームとなった「韓流ドラマ」の影響もある。

韓国の人気ドラマや映画が中国に入り、DVDやUSBに保存されて秘密裏に北朝鮮の市民に渡された。そのドラマを観た北朝鮮の人々が裕福な韓国社会の実情を知り、その姿に憧れて脱北するのだ。

また、国家の仕事で中国など海外へ出た人たちが韓国の現状が北朝鮮での宣伝と違うことを知って、脱北を決心することもある。

最近では駐英北朝鮮公使が息子の教育などを理由に脱北した。このケースのように子女教育などよりよい暮らしのためにエリート層が韓国へ亡命する「移民型脱北」も現れている。

この章では一人の女性キム・スジンのケースを紹介する。家族で脱北し、3か月後、やっとの思いで辿り着いた韓国でほぼ無一文から創業して成功するシンデレラストーリーだ。

公開処刑

パーン、パーン、パパパパーン、銃撃の音が響きました。「反逆者」の公開処刑が行われたのです。公設運動場の真ん中に立たされたたった一人の「反逆者」に向けて10人の射撃手が1人当たり40~50発をいっせいに撃ちました。

1988年5月か7月のある日、私は13、4歳頃、地域郡の16の中学校（当時の北朝鮮は幼稚園1年、小学校4年、中学校6年の義務教育）に通う学生全員で約2万人の子供たちが公設運動場に集められていました。涙など出ませんでした。まったく怖くもなかったです。

皆の歓声に合わせて、私も拍手を送りました。「反逆者など殺されて当たり前」。そう思っていました。

軍の兵隊が殺された人をすぐゴザにくるんでトラックに乗せてどこかに連れ去りました。私たち子供は殺された人が倒れていた場所の近くまで走って集まりました。脳に当たったのか白い液体が散らばり、真っ赤な血が土を染めていました。

午後、家に戻って一番に「母さん！　今日運動場で人が死んだのを見たよ」と母親に大きな声で報告しました。

「国がやってはいけないと言ったことをやってしまうと、あのように犬死にになるんだよ」

と母は家事を続けながら目も合わせないで無表情のまま答えました。

翌日音楽の授業でピアノを弾く先生の伴奏に合わせて歌を歌いました。とても楽しかったです。

「このピアノは、この村に縁のある在日朝鮮人が寄贈したものだ」と先生が教えてくれました。感謝の気持ちで胸がいっぱいになりました。

中学校にあったピアノは、この一台だけでした。

1年生から6年生まで各学年の生徒数は、およそ200名。全校生1200名が、そのピアノ一台で音楽授業を受けました。

当時の私は音楽授業が始まり、ピアノの音を聞くときに一番幸せを感じました。たぶん今でもそのピアノはこの学校のどこかにあるはずです。私も将来、こういう立派な奉仕をしたいと心から思いました。

強制収容所がある村

1974年、私は小さな山村に7万人もがひしめく炭鉱村に生まれ育ちました。北朝鮮最北端の恩徳郡《ウンドックン》にある阿吾地《アオジ》村。北朝鮮国内だけでなく韓国でも広くその名が知られています。ここは政治犯や戦争捕虜などが最終的に行き着く場所で一度入れられたら二度と出ることのできない強制収容所があるからです。

私の家は少しだけ裕福だったのかもしれません。父は石炭大学の教授で母は会計士でした。専門大学課程を終えた私は港町の清津《チョンジン》にある食品関係の貿易会社で働くことになりました。仕事は清津の共産党に商品を納入することでした。

会計業務に詳しかった私は業務の処理能力も高く評価され、2005年、32歳のときに海外出張に行けるパスポートをもらいました。これまでは一人の平凡な市民でしたからパスポートをもらって、まるで国家の特権層にでもなったような気持ちになりました。

初めての中国

それからしばらくして初めて中国国境の橋を渡って中国に行きました。仕事で2か月ほど中国に滞在しているうちに私と同じように出張で中国に来た後、北朝鮮に戻らず、そのまま韓国に亡命する人が多いことを知りました。

でも国家の体制に何にも疑いを持っていなかった私は出張を終えて、そのまま北朝鮮の空港に降り立ちました。久しぶりに祖国に戻ってこられて、とても嬉しい気持ちでした。

ところが祖国の対応は違いました。

まず空港税関の荷物検査係が私のパソコンを押収しました。それから、服を着たままでしたが、女性の検査員が手で触りながら全身の身体検査をしました。少し屈辱的でした。

さらに国家安全保衛部（北朝鮮の秘密警察。主任務はスパイや反体制派の摘発で脱北者の追跡、尋問も行っている。最近名前が国家保衛省に変更されているようだ。以下保衛省）の取り調べが続き、10日間にわたって調書などの書類を作らされました。

理由は「海外出張から帰国した人は資本主義の影響を受け、主体《チュチェ》思想が変質してしまっているかもしれないから」ということでした。

「あれだけ信じていた地上楽園の祖国が、こんなにも酷いことをするのか」――私は祖国に対する怒りを感じました。祖国に対してそういう気持ちになったのは初めてのことでした。

一度そのような気持ちを持ってしまうと祖国に対する疑問がどんどん湧いて出てくるようになりました。

中国に2か月間、滞在している間に見聞きしたことが現実問題として私に迫ってきました。中国をはじめ世界の国々ではグローバル化が急激に進んでいました。それなのに祖国は世界の中で孤立していて経済も文化も遅れている。

その上、人々には自由がない。私は祖国に絶望を覚えました。

決意

祖国の社会構造に気付いてしまった私は、それ以上、祖国に住み続けることに我慢ができなくなりました。夫と母に相談し、脱北を決心。脱北ブローカーと密かに接触し、周到な準備をしました。まず夫が中国経由でタイに出国しました。続いて15日後、中国人ブローカーを頼りに私も娘といっしょに中国に逃げ込みました。

中国で20日間の滞在後、タイに辿り着くとすぐに在タイ韓国大使館に難民申請を申し込みました。難民認定のために60日間ほど滞留させられた後、念願の韓国入りに成功しました。韓国に入り国政院で40日間の調査を受け、ハナウォン（脱北者向けの社会適応教育施設）という施設で3か月間、韓国社会に定着するための教育を受けました。

2006年1月に北朝鮮の家を出て同年8月11日に韓国社会で新たな一歩を踏むことになったのです。

先に韓国入りを果たした主人と落ち合い、家族全員が韓国で無事再会できた日。人生でこれほど感動的で嬉しいことはないと思いました。私が32歳のときでした。

韓国での格差

韓国では当時、脱北者には政府から保証金1000万ウォン（約100万円）付きの賃貸アパートが提供されました。また3人家族の生活費として毎月80万ウォンが支給されました。

韓国で最初についた仕事は食堂のスタッフでした。

でも働き始めて4日目に私は食堂の仕事に向いていないことに気が付いて、すぐにガソリンスタンドのバイトに切り替えました。

ガソリンスタンドでの仕事は楽しく、これまで知らなかった接客や事務処理のことなど多くを学びました。3か月があっという間に過ぎ、私たちも韓国で普通の生活ができるようになったと思っていました。

ところがある日、7歳の娘から「お母さん、友達の家はうちと違うんだよ。マンションの部屋数も多いし、お父さんもお母さんも車を持っているよ。昨日は友達のお母さんの車に乗せてもらって友達といっしょに遊園地に行ったよ」と言われたのです。

韓国人の知り合いが一人もいなかった私は韓国の一般家庭を訪ねる機会がまだ一度もありませんでした。そのため私は北朝鮮でも韓国でも、みんな同じような家で暮らしていると思っていたのです。

家族の人数によっては生活空間に多少の広狭の違いがあるだろうとは思っていましたが。でも娘の一言で、広い家に住み車を何台も持っている豊かな人も韓国にはたくさんいることに気付いたのです。脱北はできたけれど、北朝鮮時代と同じような生活空間で暮らしている自分たちに比べて、はるかに豊かな娘の友達の家……。

初めて貧富の格差の現実を知った瞬間でした。

眠れない夜

眠れない日々が続きました。

「もっとよい環境で暮らせることを願って娘を連れて脱北したのに……」

資本主義社会の現実に直面した私は激しく動揺していました。

「これからどんどん成長していく娘が、そういう貧富の差に接するたびに当惑と悔しさに全身を震わすことだろう。その屈辱に耐えながら生きていかざるを得ない環境に自分を連れてきた親への恨

み も増幅していくだろう」

そう思うと全身の力が抜けていくのでした。

しばらく苦悩した末に私は一つの結論に辿り着きました。

「たとえ今は貧しくても頑張って働いて必ずお金持ちになろう。娘が将来、友達と同じスタートラインに立てるよう、どんなにたいへんでも頑張ろう」

ソウルへ

脱北してきたときに韓国政府が脱北者向けに与えてくれた賃貸アパートはソウル近郊の京畿道《キョンギド》でした。私は「何が何でもソウルに行こう」と決めました。

ソウルに行かないと大きなチャンスが訪れないと思ったからです。

アパートに保証金がついており、手放すと1000万ウォン（約100万円）が手に入ります。ガソリンスタンドで3か月働いてためたお金と、それまでもらった生活補助金すべてを合わせると、2000万ウォンになりました。

それから1か月間、私はソウル市内の物件を隅から隅まで調べました。そして広津区《クワンジング》君子《クンジャ》駅近くに4300万ウォンで売り出していた7坪の雑貨屋のミニ店舗を見つけました。

持ち主の夫婦が13年間運営したというその店は、店内が暗くて売り上げが伸びないせいもあるのか、夫婦には商売に対する意欲がなさそうに見えました。

でも場所はよかったのです。電車駅から近いし、小学校までは1分。北朝鮮でも食品関係の販売の仕事をしていたので、ここで商売をしたらきっとうまくいくと勘が働きました。

問題はお金が足りないこと!

当時住んでいた賃貸アパートの下の階に、同じ故郷から脱北した親しい青年が住んでいました。私は彼を説得して、お金を貸してもらうことにしました。

「私たちもあなたも、このままずっと韓国政府の生活保護の下で暮らしてはいけないでしょ。それでは永遠に下流暮らし。韓国では商売をしないと、いつまでも貧しいままだってことがわかったの。豊かになるためには商売をするしかないし、そのためには資金が必要。今の私には資金がないけれど自信はあるの。必ず成功してみせるから、私を信じてお金を貸してちょうだい」

必死でした。

会社勤めだった青年は私に1000万ウォンを借金して渡してくれました。涙が出るほど嬉しかったのですが、そのお金を合わせてもソウルのミニ店舗を購入するには、まだ1300万ウォン足りません!

こうなれば実力行使です。店舗のオーナーの夫婦に直談判しました。

「私はどうしてもこの店を引き受けたいのです。北朝鮮から来ているので全財産を合わせても1300万ウォンが足りません。しかしこの店を繁盛させる自信はあります。私を信じてこの店を渡してほしいのです。足りない1300万ウォンは毎月500万ウォンずつ、3か月間で必ず返しますから」

店舗は私たち夫婦のものになりました。契約書を交わしたのです。

夢の風船

私たちは喜び勇んで建物を住居兼店舗として、店の一角にある倉庫で暮らし始めました。これなら24時間、夫と交代で娘の様子も見ながら商売ができます。

店舗代の4300万ウォンには、店舗に陳列されている商品も、倉庫に山ほど積んである在庫も含まれていました。しばらくはそれを売ればいい、新たに商品を仕入れなくても済むと私たちは思っていたのです。

夢は風船のように膨らみました。

ところが――。

前のオーナーは、この店の1日の売り上げは50万ウォン（約5万円）ぐらいだと言っていました。しかし実際にオープンしてみたら1日の売り上げは23万ウォン。2日目は27万ウォンでした。実はこれがこの店の平均的な売り上げだったのです。

これでは赤字を垂れ流すばかり。私はとりあえず店を閉めて、どうしたらいいか考えました。お金がないので店のオーナーが変わったことを知らせる新しい看板を作ることもできません。イベントもできないし、チラシも作れません。しかも在庫を調べたら、ほとんどの商品が賞味期限を過ぎていたのです。私たちは騙されたのです。

だからと言って今更、契約を破棄しても、つぎ込んだ3000万ウォンを取り戻せる可能性はありません。私たちは賞味期限が過ぎた商品を2日間かけてすべて処分しました。

他に方法はないだろうか――。

思案した私たちは、すべての商品のほこりを拭きとることから始めました。

長い間にこびりついた壁のシミやカビも削ぎ落とし、店舗内を隅から隅まで掃除しました。安いペイントを買って二人で外壁も塗り、ちょっとだけ店の外を変えてみました。

4日後、心機一転で店を再開!

でも外に立って店を見ると、ほとんど何も変わってないのです。

どうしよう!　季節は真冬、12月です。

寒い中、店をオープンしても客が入りません。どうしたらいいのでしょう。

明るい挨拶

いろいろ考えた末、私はバケツとモップを店の前に置きました。

店は道路沿いなので朝の出勤時間になると車も人もたくさん通りかかります。7坪の店ですから10分もあれば掃除は終わるのですが、私は朝7時から2時間、バケツに水をいっぱい入れてモップで掃除を繰り返す動作をずっとしていました。

狙いはその姿を車に乗っている人や歩いて通勤する人に見せること。横を通りながら掃除する私を見て「このお店のオーナーはこの人だったっけな？　いや違う！　お店のオーナーが代わったようだ！」と気が付いてもらえたら、と。

通り過ぎる人に、とにかく笑顔で大きい声で明るく挨拶しました。

「アンニョンハセヨ！（こんにちは）　アンニョンハセヨ！」

商売の基本は挨拶から、ですから。

すると車に乗っていた人が窓ガラスを下ろして「アジュンマ（おばさん）、牛乳を一本！」と叫んだのです。私は掃除の手を止めて、すぐに牛乳を渡して「いってらっしゃい」と笑顔で挨拶しました。

挨拶されて怒る人はいません。それからすぐ店に戻ってノートに客の車のナンバー、客の特徴と購入した品物、通り過ぎた時間などを記録しました。客が来ないから記録をつける時間は十分あったのです。

そんな風に初日は時々、足や車を止めて買ってくれる人がいました。

翌日、私は次の戦略を練りました。

前の日に煙草のマイルドセブンを購入してくれた客の車が通りかかる時刻にマイルドセブンを持って店の前で待っていたのです。

その客が通りかかったときに私は思いきって「これ今日は必要ではないですか?」と聞きました。びっくりした客がすまなそうに「今日はまだあります」と言いました。

私は笑顔で「そうですか。いってらっしゃい!」と元気よく挨拶しました。

そしたらなんと夕方、その客が会社の帰りに「辛《シン》ラーメンありますか」と寄ってくれたのです。満面の笑顔で「はい、ありますよ」とラーメンを渡して何回も「カムサハムニダ(ありがとうございます)」と頭を下げました。

そうやって私たちは一人一人の客の顔と車の特徴を覚えながら毎朝、同じことを繰り返しました。数か月後には1日の売り上げが70万~80万ウォンになりました。オープン当時の3倍です。

人みな師

私たちの店舗はとても小さかったのですが、10社ぐらいのメーカーの営業社員がひっきりなしに来ました。売り上げの高いよその店舗は彼らをあまり歓迎しないようですが、店舗運営の初心者である私は、この営業社員たちを「先生」だと思うことにしました。

彼らの誰に対しても真冬には温かいコーヒーを出して「寒いでしょう? これを飲みながら少し

休んでください」、真夏にはアイスクリームを出して「暑いから涼んでくださいね」と勧めました。

彼らは商品のすべての情報を握っています。私は世間話をしているふりをしながら「この商品をどこの店ではいくらで売って1か月の売り上げはどのぐらいになる」など、たくさんの情報を聞き出しました。

彼らはだんだん私たちの味方になってくれたのです。

「近くの○○店でこれを1020ウォンで売っていますよ。ここで1000ウォンで売ったらどうですか」

そんなこともアドバイスしてくれるようになりました。

ある日マッコリの新商品が出ました。広報用として一つのお店に2瓶無償で提供するようにと本社から営業社員たちに指示が出たようです。しかし仲良しになった営業社員は、他の店に渡すべきものまで含めて私のところに30瓶ぐらい持ってきてくれました。

「これをただであげるから客に売りなさい」と言うのです。

すぐに私は店の前にビーチパラソルと椅子を並べました。会社の退社時間に合わせてテーブルの上にマッコリを5瓶ぐらい置き、家路を急ぐサラリーマンたちにこう呼びかけたのです。

「今日もお疲れ様でした。暑かったでしょう。ここに座って新商品のマッコリを試飲してくださいね。ただですよ！」

座って飲み始めたサラリーマンが「それなら」とおつまみ用のスルメを買ってくれます。

しばらくしてそのサラリーマンの知り合いが通りかかると、彼は「いっしょに飲みましょう。広報用だからただで飲めるんだって」と誘ってくれます。新たに座った客が、またおつまみを買ってくれます。

毎日このようにしていたら、店の前に人々が集まるようになり、店にも道路にも活気が出てきました。

こうして1年経った頃には1日の売り上げが170万～180万ウォンになりました。前のオーナーへの借金1500万ウォンはとっくに返していて最初に1000万ウォンを貸してくれた青年にも十分な利子をつけて早いうちに返しました。

店舗は24時間営業でたいへんでしたが、夫と二人で交代しながら一日も休まず営業を続けました。

新たな挑戦

このミニ店舗経営の成功で私はビジネスに目覚めました。

それと同時に、私たちは店舗2階の日の当たらない倉庫で暮らすのは辛く、もう少し生活環境をよくしたいと考えていました。

ちょうど韓国の住宅公社が賃貸アパートの入居者を募集していたので申請してみたら抽選で当たったのです。ただし当たった部屋は店からは遠い場所にありました。引っ越したら店は続けられません。

さんざん悩みましたが、新天地を求めて引っ越すことにしました。店を売りに出したところ、繁盛店だったので即座に売れました。しかもその店を買った金額の倍近くの8000万ウォンで売れたのです。

今もたまにその町に行くと嬉しい噂を聞きます。「一人の脱北者の女性が、この町をこんなに活気溢れる町に変えたのだ」と。伝説になっているようです。

引っ越し先はソウルの北西部にある恩平《ウンピョング》区の巨大な団地。同じような手法でミニ店舗を購入し、一生懸命、仕事をしました。

売り上げを伸ばして権利金をたくさん上乗せしては店舗を処分し、また新たな店舗を購入します。店舗の運営がうまくいき、2～3か所を同時に経営していたこともあります。

お金を貸してくれたあの青年が会社を辞めて店舗のマネジャーになって助けてくれました。2年前にいっしょに脱北した同じ故郷出身の女性も社員になってくれました。

私たちは3年間必死に働いてソウルに念願のアパートを購入しました。

ネットビジネス

2010年に私は二人目の子供を妊娠しました。

とても嬉しかったのですが、一つ問題が出てきました。

私が店にいる間は売り上げが伸びるのですが、不在にすると売り上げが落ちるのです。

もっと困ったことには、脱北者の社員たちの多くは給与をもらうと突然、出社しなくなるのです。連絡を取ろうにも携帯は切ったまま。どうしようもありません。

多くの脱北者は一人でソウルにやってきて頼る親族も休める家庭もなく、ギリギリのところで生活をしています。精神的にも経済的にも安定した生活をするにはいろいろ問題が多かったのだと思います。

妊娠中は家にいる時間が長かったので私はネットでいろいろ調べました。そして今後、赤ちゃんが生まれると、もっと家にいる時間が長くなるので、在宅でインターネットを利用してできる仕事はないか探し始めました。

同じ頃、ソウルでの生活が落ち着いてきた私は、脱北した人たちが出会える場があれば助け合えるのでは、と考えるようになっていました。そこでネット上に脱北した人たちの出会いの場になるコミュニティサイトを作ってみたのです。

すると、そこに何度もメールを送ってくれる韓国人の男性がいました。

「私は韓国の独身男性ですが北朝鮮の女性に関心があります。北朝鮮の女性を紹介してくれませんか」という内容でした。

知り合いを紹介してあげたら両方とも好印象を持ったようでデートを重ねるようになりました。

こういう人たちをネット上で仲介してあげたらビジネスになる！

そう閃いて交流サイトをオープンさせました。参加者にも喜んでもらえますし、私も家でできる仕事です。

韓国には昔から伝わる「南男北女」ということわざがある。

――南側の男性はハンサムで有能な人が多く、北側の女性はキレイで生活力の強い人が多い。2000年6月13日に金大中《キムデジュン》が平壌を訪問し、南北分断以来初めての首脳会談が実現した。和解ムードの中、02年に第14回アジア競技大会が釜山《プサン》で開かれた際に、北朝鮮の選手が南北分断以降初めて国際試合に参加した。

北朝鮮の選手を応援するために、応援団の女性250名も釜山を訪れた。「北朝鮮の美女応援団」と韓国のマスコミが連日報道し、多くの市民は競技を見るよりも彼女たちを近くで見るために競技場に集まった。恋の病にかかった男性もいて、当時「ピョンヤン美女シンドローム」と呼ばれた。

インターネットサイトで結婚仲介サービスを始めたら売り上げが1か月で1000万ウォンにもなりました。想像をはるかに超えた額です。ミニ店舗の1か月の純利益率は20％ですが、結婚仲介サイトの純利益率は40～50％にもなります。

これこそビジネスになる！

次のターゲットを見つけた私はミニ店舗をすべて処分して本格的に結婚仲介ビジネスに飛び込むことを決意しました。

南男北女

結婚ビジネスには大きなチャンスが潜んでいました。脱北者は約80％が女性で、特に20代～40代の女性が多いのです。北朝鮮では女性は20代で結婚するので、脱北してきて韓国で結婚することになると再婚が多くなります。

相手になる韓国の男性も死別か再婚のケースが多く、家庭的で生活力が強い北朝鮮の女性は理想です。お互いのニーズがマッチするのです。

私が始めた結婚仲介サービスは、あっという間に一般会員が７０００～８０００名に達するまでになりました。２００万ウォンの登録費を払った正会員は１０００名ほどいます。

登録費を支払わない一般会員は会社のホームページ上での活動のみ可能であり、直接、対面するマッチングサービスは受けられません。登録費を支払った正会員は担当スタッフが付き、打ち合わせを重ねて理想の脱北女性と直接、対面することができます。

これまでに５００組近いカップルが結婚しました。韓国国内における「南男北女」の結婚仲介業界ではトップの成績です。

現実的な女性

しかし、「南男北女」の結婚仲介には難しい点もありました。

韓国の男性と北朝鮮の女性の価値観のギャップが非常に大きいからです。

韓国男性は一生のパートナーを選ぶわけですから、ゆっくり何回も会って慎重に結婚を決めようと考えます。

一方脱北した女性たちは、北朝鮮からたいへんな思いをしてやっとここまできたのですから、早く落ち着きたいのです。

結婚に適していない男性とは会う時間さえもったいないと考えます。とても現実的です。

彼女たちは、韓国の男性と初めて会った途端、「給与はおいくらですか」「子供は何人産んで育てるつもりですか」「今住んでいる家は何坪ですか」と矢継ぎ早に質問をします。彼女たちは最初から相手の生活環境や経済能力をしっかり聞いて自分の条件に合えば恋愛をして結婚するつもりなのです。

少しでも早く韓国で堅実な生活を始めるために――。

でも初対面でそんな質問をされては男性はびっくりしてしまいます。うまくまとまらないケースが結構ありました。
そこで韓国の男性に最初からそういう事情を説明しようと考えました。「脱北した女性への理解」というタイトルで講演会を開いたところ、韓国の男性側の理解も深まり好評でした。今も年に何回か実施しています。お見合いパーティーも開催して、お互いの文化の違いを理解するためのチャンスをたくさん作っています。

韓国では日本以上に首都と地方の格差が広がっていて、2000年以降、農村部家庭の国際結婚が目立ち始めている。中国、ベトナム、フィリピン、タイなど東南アジアの若い女性が歳の差のある田舎の男性に嫁入りをする。

田舎の場合、両親との同居が多く、彼女たちの韓国語能力が不十分な上に文化の違いもあって家族間で摩擦が絶えない。子供が生まれても母親の韓国語能力が不足しているため、子供の学習サポートを十分に行うことができない。

一方、都市部で深刻な問題となっているのが、アジアで一、二を争う離婚率の高さとOECD先進国で最下位の特殊出生率である。

韓国の合計出産率（日本の合計特殊出生率に当たる）は1人当たり1・17人（2016年出産統計）で日本より低い。

高齢の親たちの世代には「子供は親孝行をするのが当然」「両親の老後の世話は長男がする

もの」という儒教的な考えが根強いが、子供の数が減っている上、近年の核家族化や価値観の変化、女性の社会進出により子供が親の面倒を見るのが難しい時代になっている。

家族のあり方に対する考え方が変わってきている中で親子間、夫婦間の衝突や葛藤を抱えている家庭が実に多く、離婚にまで至るケースも少なくない。

その隙間で注目されるようになったのが脱北者の女性たちである。

韓国語も流暢で親子、親族とのコミュニケーションにも問題がない。社会主義の体制下で育ち、学歴も高くない脱北者の女性たちの価値観は韓国の女性たちと比べるとまだ封建的なので高齢者の世話も当然と思っている。年老いた親を抱える男性に人気である所以《ゆえん》である。

もう一つ結婚相手として求められる理由は前述のように美人であること。脱北者の女性たちは整形しなくても綺麗な顔だちが多いのだ。

そのような理由が重なって韓国では「南男北女」をつなぐ結婚仲介サービスが急速に増えつつある。その中でもキム社長が経営しているＮＫ結婚情報株式会社は業界トップの地位を維持している。

成果給

現在、結婚仲介会社の社員の数は12名、広報担当の韓国人男性２名と営業担当の脱北者の女性10

名です。

営業担当の女性たちの基本給は少ないですが、会員の勧誘実績と結婚マッチングの実績によって成果給を支払う制度にしています。昼食夕食代も会社が支払いますし、生活全般についてもケアしています。

以前、姉妹のように信じていた社員が、ある日、突然、競合他社の管理職に転職したことがありました。私は裏切られたショックで夜中になっても家に帰れず、町をさ迷い歩きました。社員3人が会社の資料を持ち逃げして新しい会社を作ったこともありました。

脱北した女性たちは「脱北が失敗したら死ぬかもしれない」という極限状態を経ているので人間同士の信頼より目の前の利益を重視する人が多いのです。うまくいかなければすぐに今の立ち位置を白紙化して身を守ろうとします。

仕事をしていても結婚をしていても、何か気に入らないことがあれば住んでいる家を出て携帯の番号を捨てて行方をくらませます。そして新しい場所で新たな携帯番号を得て新しい人間関係を作ります。

事情はわからないではないですが、とても残念です。そんなことを繰り返していては永遠に自立できないですし、ましてや成功などできないと思います。

ベンチマーキング

社員たちとの結束力を高めるために2016年の春、大阪に社員旅行に行きました。

私たちが驚いたのは北朝鮮が韓国よりもずっと日本に似ていることです！

一昔前、金日成・金正日が意図的に日本をベンチマーキングしたのだと思います。

故郷の清津市では日本のほとんどの商品が流通しています。自転車、冷蔵庫、洗濯機、ビデオ、テレビなど日本の中古品がたくさんあったので、私も含め脱北してきた女性たちは初めて日本を訪れたのに何とも言えない懐かしさを感じたのです。

北朝鮮で住んでいたアパートも日本とまったく同じような形でした。本当に故郷の清津港に来ているんじゃないかと錯覚するほどに！

私は懐かしさに一人、感慨にふけっていました。

驚いたことにこの旅行の後、社員たちの意識に大きな変化があったのです。

北朝鮮よりもはるかに豊かだと思っていた日本の人々が普段は自転車に乗っていて質素な生活をしていました。それを見た社員たちが自ら会議を開いて日々、周りの資源をもっと節約するためにはどうすればよいかを話し合うようになったのです。

社員たちは旅行を楽しむ以上に、倹約する日本人から多くのことを学んだようです。

強いアクセント、怖い目つき

私は子供のときに自分の目の前で人が撃たれて死ぬのを見ても何にも感じませんでした。小さい声すら出せません。少しでも体制に否定的な態度を取ったことが見つかったら処罰される。そのことを子供ながらに知っていたからです。

幼い頃からそういう教育を受け続けると、人としての自然な感情表現ができなくなります。感情表現しないことを、おかしいとも思いません。

そんな状態のまま、私は何十年も生きてきました。

韓国に来て6年、二人目の子供が韓国で生まれて1歳になった頃だったと思います。テレビを楽しく見ていた子供が突然、わっと大声で泣き出したのです。

私が驚いてテレビを見たらチマチョゴリを着た北朝鮮の女性アナウンサーが甲高い声でニュースを伝えている映像が映っていました。

あの「強いアクセント、怖い目つき」に子供が反応したのでした。

韓国のテレビでいつも流れている女性アナウンサーの柔らかい発音に慣れていた赤ちゃんが、初めて北朝鮮のアナウンサーのパワフルで厳しい口調を聞いて、自分の感情を自然なまま吐き出したわけです。

本当にびっくりしました。

私は初めて気付きました。私は子供のとき、人が処刑されるのを見ても悲しみを感じませんでした。でも普通の心を持っていたら悲しかったり怖かったりしたはず。

私の感性はどこへ行ってしまったのでしょう。今思えば生まれたときから感性を失っていくような教育を受け続けて人間らしくなくなっていったのです。

反逆者

脱北して韓国に来て人並み以上に成功したと言われている私ですが、ずっと心を痛めていることがあります。それは私も「反逆者」だということです。

私の故郷の町の人たちは私のことを「みんなが酷い目にあって辛い思いをしているたいへんな時期に、親も兄弟もいるのに自分だけいい暮らしをしたいから脱北した」と言っていることでしょう。

故郷の人々からのそういう言葉は一番聞きたくないのです。私が脱北することによって私の父母、兄弟はどれほど立場が悪くなったのでしょうか。

そういうことを考えると死んでも死にきれない思いです。

国の体制が嫌いだとしても誰だって故郷は恋しいのです。今すぐにでも故郷に行って村の全小学校にピアノを寄贈したいです。しかし現実的には無理な話なのです。

韓国に来てからも私は娘のために世の中で一番すばらしい母親になろうと考えてきました。しかしながら脱北者の現実はそう甘くありません。

今まで私は母親として学校に行ったことは一度もないのです。私の言葉遣いには北朝鮮なまりが目立ちます。少し話すだけで人々は私たちが脱北者の家族であることを見抜くでしょう。娘はいじめられるようになるかもしれませんし、仮にいじめられなくても常に恥ずかしい思いでいなければならなくなります。惨めな娘の姿が頭に浮かびます。

他の脱北家族の親も同じ考えを持っています。子供がいじめにあうことを恐れて親は学校には行けません。子供自身も脱北者であることがバレないように常に細心の注意を払っています。たとえば市場で買い物をする際にも北朝鮮なまりがちらりとでもこぼれると、たちまち白い目で見られてしまいます。

いつも恐る恐る暮らして心がひるんでいる娘の姿を見ると、やはり私が大きく成功しなければならないと思ってしまいます。

脱北者も豊かになり、お互いが認め合う社会になって、いつか私たちの子孫たちが平等に平和に暮らせるようにと願っています。その環境づくりのためにも今の私にできることは何だろうと自問しています。

人は必ず死にます。韓国の人は一族で「先山《ソンサン》」という親族同士の遺骨を埋める大きな山を所有しています。でも脱北してきた私たちには骨を休める山もお墓もありません。

日々悩んだ末、私は一つの答えを出しました。

夢の土地

今まで節約を重ねて貯蓄したお金で38度線に最も近い漣川郡《ヨンチョングン》の土地を1万7000坪買いました。

北朝鮮に最も近いところなので砲弾がいつ飛んでくるかわからない場所です。戦争が起きたら早く逃げなければならないところなのでソウルの人にとって投資の対象になりません。そのため土地の価格が安いのです。

そこに私たちの夢の村「統一家族村」を作りたいのです。

この1万7000坪の中の3000坪ほどを使って共同で暮らす家を建てたいとも考えています。裏山には1キロほどの散策路を作り、大きな墓地も作る計画です。散策路には案内板を作り、脱北した人々のリアルストーリーを書いて子孫たちがそれを読んで自分たちのルーツを肌で感じ、理解できる場にしたいのです。

ミニ店舗を購入する際にお金を貸してくれた脱北者の男性は、その後事業を手伝ってくれていますが、彼には2年前からその村に住み始めてもらっています。

昔から住んでいる地域の人々と仲良くなって信頼関係を築くためです。

老人が多い町なので種まきや収穫など、頼まれれば何でもお手伝いするようにしています。彼はもうその人たちと仲良くなっていて、私たちの山の開発計画に対する同意も得ることができました。村の人たちもその村から若者がどんどんいなくなって寂しくなっているので、私たちが地域でいっしょに暮らすことを歓迎してくれています。

その村で、脱北者の暮らしはたいへんだけど希望もあることを、今や3万人と言われる脱北者に見せてあげたい。どんなにたいへんでも「希望」さえ持っていれば暮らしていけます。

こういう活動をすることによっていつか故郷の人々から「反逆者」と呼ばれなくなる日が必ずやってくるに違いない。

私はそう思って頑張っています。


南のハンサムな男性と北のキレイな女性が出会って一つの幸せな家庭を築く。子供が生まれ、家族となり、地域にしっかり根を下ろす。さらにまた出会いがあり、孫たちが生まれる。

これはまさに小さい統一ではないか!

韓国と北朝鮮が70年以上も国としてできなかった統一を一人の男と一人の女が成し遂げていく。この小さな統一は庶民による快挙とも言えよう。

しかし残念なことに、決してハッピーエンディングとは言えない。現実には北朝鮮と韓国の間には壊せない壁がそびえ立っているのだ。

たとえば韓国と北朝鮮に別れて住む家族は、会うことはもちろん、電話で話すことすらできない。アップルとシェアのトップを争うサムスンの最高級のスマートフォンを手にしても北の母親に孫の声を届けることはできない。

いったん北朝鮮を出てしまったら恋しい母親の肉声は二度と聞けなくなる。

「世の中に自分の肉親の声を電話で聞くことさえできない国がどこにありますか！」

「中東諸国などからの難民たちも携帯電話があれば肉親に電話できます」

「いかに肉親の安否が知りたいかわかりますか」

「お母さんに会いたがっている子供を容赦なく遮る国がどこにありますか」

私の耳には巨大な恨みの壁に向かって叫ぶ彼女の凄絶な鬱憤の声が今も響いている。


第二次世界大戦が終結したとき、勝ち国となった大国の軍がやった朝鮮半島の南北分断、その罪深き無責任さがゆえに、それからずっと一つの半島に住む南北の民衆たちは翻弄され続けてきたのである。

何のために同じ民族の若者が38度線で対峙しているのか。何のために互いに憎み合っているのか。

１９４５年以降に始まったその構図はここにきてますます酷くなっているようにすら見える。

北は国民の人権を踏みにじって築き上げた3代続く独裁政権が民族統一を後回しにして戦争準備に熱中している。統一をリードする力量もなければ、する気もない。

南は経済的には豊かになったものの、民族統一をリードしようという固い意志がない。

ソウル大学校の統一平和研究院が2016年に実施した統一意識調査によると、「どんな対価を払ってでも可能な限り早く統一した方がいい」とする急進的な意見はわずか13・1%だった。

1995年の世論調査では「統一するべきだ」と答えた国民が58%いたのだから韓国国民の中では南北統一志向の意見が激減してしまったと言えよう。

その最大の理由は、韓国国民が肌で感じる実感として、「統一すると現在より税金をたくさん払うことになり、経済状況が悪くなると思われる」からだ。

しかし果たしてそうだろうか。マクロ経済的な観点から「南北統一で膨大な経済効果が期待できる」とも言われ続けている。朝鮮戦争以後、韓国は「産業化」と「民主化」の両輪で大きく発展してきた。

まず全力を挙げての「産業化」は短期間に国民所得を100ドルから1万ドルにまで引き上げて「漢江《ハンガン》の奇跡」と呼ばれる経済成長を実現させた。

一方、「民主化」は軍部独裁政治に対抗して多くの若者が犠牲になりながらも約30年前、やっとの思いで政治的民主化を成し遂げた。

残る大きな目標は「統一」である。これまで幾多の困難を乗り越えてきた朝鮮民族にできないはずがない。

「家族親族がいっしょに暮らしたい」

「友達と自由に連絡を取り合ったり、会ったりしたい」

——人々が生きていく上での当たり前で根源的な望みを叶えるために、さらなる民衆力の結集が期待される。

韓国と北朝鮮、その統一の道のりはまだまだ遠くて長い。

その昔、北朝鮮の小さな町で、子供だった彼女を幸せな気持ちにさせた小学校のピアノ。あのピアノの音色を彼女が再び聞ける日はくるのだろうか？

命を懸けて自由を得た

シン・ギョンスン

人に裏切られ、政治体制に裏切られながらも中国栗を輸入する貿易会社の社長になった。

今や業界トップの売り上げを誇る。

ビジネスにおいて最も重要なのは「信頼」。裏切られ続けた人生にもかかわらず、自分自身の確固たる信念で「顧客との信頼」「取引先との信頼」「社員との信頼」を重視した結果、2011年下半期中小企業ブランド大賞に輝いた。

中国で人身売買され、2度目の結婚

目の前に見えるのは絶望の穴でした。

「ドボーン」

私の人生はこれで終わりだ！　深さ10メートルくらいの井戸に飛び込んだのです。井戸の底にぶつかり、私の意識は遠のきました。

意識が戻って目を開けると市役所の職員たちやたくさんの人が私を囲んでいました。みんな口々に何か言いながら、私の顔を心配そうに見つめていました。群衆の中には夫の顔も見えました。

起きようとして体を動かすと下半身の方から血なまぐさい強烈な匂いがします。見ると、びしょ濡れのズボンが真っ赤に染まっていました。流産をしていました。

「死のうと思った私は生き残って胎児の命は絶たれた。世の中、自分の思うようにはならない」

人身売買されてから2度目の脱出も失敗に終わり、最悪の日でした。

夫におんぶされ、中国河北省の小さな山村の貧しい農家に帰宅しました。井戸に飛び込んだときに足と体の数か所を骨折したため、半年間、家で寝たきりの状態で過ごしました。

目をつぶると北朝鮮で初めて嫁いだ海州《ヘジュ》の景色が迫って来る。海と山に囲まれている綺麗な町です。松茸や、ウニ・ナマコなどの魚貝類が豊富で日本との貿易も活発でした。

それらを日本に輸出し、外貨を稼いでいる軍司令部に勤めている義姉は抜きん出た商いの手腕を発揮し、高収入を得ていました。

彼女は貧しい弟家族に金銭的な支援を惜しみませんでした。そのおかげで私は二人の子供の養育費や生活費に困ることはなかったのです。幸せな人生だと思っていました。

しかし夫は不倫をしていたのです。

そのことに気付いたときにショックと悔しさで気が動転しました。姑と舅に訴えたら逆に「我々が経済的に支援しているのに、そんなことも我慢できないのか」と怒られる。

私のプライドは崩れ、まるでお金をもらうことと引き換えに自分の人格を手放せと言われているような気持ちになりました。

もうここにはいたくない、それならばいっそのこと……。

脱北を決心したのです。1999年の夏でした。

私は中国に脱北しましたが、中国の人身売買ブローカー組織によって河北省の農家の男に1万2000元（およそ18万円）で売られました。中国に逃げ出しても不法滞在者のままでは何もできないため、本意ではありませんでしたが、戸籍を得るために2度目の結婚をしたのです。

中国の農家での暮らしは北朝鮮より劣悪でした。

扇風機もテレビもない酷く貧しい環境。年寄りの中国人の夫とは言葉が通じない。脂っこい食べ物も口に合わず、酷い頭痛も日常茶飯事。どうしても我慢できず、結婚2日後の深夜、そっと家から逃げました。

とにかくここから離れようとして山に向かって一晩中、走り続ける。夜明けになって、だんだん明るくなってきたので周りを見回したら、なんと逃げてきた家がすぐ近くにありました。

後でわかったことですが、家の近くにある大きな湖の周りを一晩中、走っていたのです。喉が渇いて小川の水を飲んでいたところに村人が通りかかって家に戻される。1回目の家出は失敗に終わったのです。

中国で暮らし始めてから1年が経った頃、子供を身ごもりました。妊娠初期はつわりが酷く、すっぱい杏の実が無性に食べたくなりました。家の裏山には、まだ若い青い杏の実がたくさん実っている。夫に、

「いつ頃、杏の実が食べられるの？」

「あと1か月くらいかかるよ」

1か月経ってから聞くと、

「あと1週間待ちだよ」


ある日、若い夫婦が家の前を通り、「妊娠している妻が杏の実を食べたがっているのですが、お宅の裏山の杏の実を取って食べてもいいですか」と夫に尋ねました。

夫は即座に「いいですよ」。若い男は勢いよく杏の木に登り、枝を激しく揺さぶって実をたくさん落とし、若い妻に渡していました。

私は夫に向かって「私が杏の実が食べたいとこんなに言っているのに、まだ時期が早いと止めておきながら、なぜ若い夫婦には食べてもいいと言ったの？」と責めました。

すると、夫は「杏の実なんか食べなくても子供は産めるよ」と平然と言いました。

その言葉を聞いて肩がガタガタ震えてきました。

「身重の妻が杏の実を食べたいと言ったら、たとえ市場が遠く離れていても飛んで行って買ってきてくれるのが愛情のはずでしょ」と、夫と大ゲンカ。

「こういう人間と生涯をいっしょにすることは、もうできない」

その夜、2度目の家出をしたのです。私が家にいないことに気付いた夫が追いかけてきましたが、私は必死に石を投げて激しく抵抗しました。

そして4キロほど離れている市役所に向かって渾身の力を振り絞って走る。息が詰まりそうでしたが、夫にはつかまらずに市役所に着きました。

「お願いです。私を警察署に送ってください。私は不法滞在者です。国に帰してください！」

下手な中国語で叫びましたが、誰も相手にしてくれません。その晩は市役所の隅で過ごしました。

翌日、市役所の前にある丸い井戸の端によじ登り、腰を掛けていました。私の行動を怪しく思った市役所の職員が夫に知らせたのでしょう。

夫が急いで走ってきたのです。

「早く家に戻ろう」と市役所の入り口から叫び声が聞こえます。

夫に向かって「そこから一歩でも踏み出したら、すぐ井戸に飛び込むから」と言いました。

それでも夫は私の言葉を無視して一歩踏み出す。私は躊躇することなく、胎児ともども井戸の中に飛び込んだのです。真っ暗の大きな穴に人生丸ごと吸い込まれていく。

それでも死にきれずに体のあちこちを骨折した私は半年間寝たきりの生活が続きました。


1995年に北朝鮮の大飢饉が報じられるようになり、中国との国境周辺から大量の脱北者が出た。中国では脱北女性を対象に人身売買が組織的に行われ、大きなビジネスになった。シン氏が最初に脱北した1999年前後の中国は社会主義市場経済体制のもとで改革開放が

推し進められていたが、沿岸部と内陸部の地域格差は深刻化し、とりわけ農村部の経済状況は劣悪だった。

シン氏が脱北して嫁いだ中国の河北省の小さな山村は北朝鮮での暮らしよりはるかに貧しい環境だった。

息子の出産がきっかけで縫製工場での勤務が始まる

飛び込み事件後、半年かけて静養したので体は徐々に回復しました。その1年後に再び妊娠し、男の子が誕生。貧しい暮らしの中で子供を育てなくてはならないため、できるだけ無駄をなくし、節約を心掛けました。

それでも、どうしても解決できない問題が一つありました。言葉の問題です。

子供は私の言葉を真似して覚えようとしますが、私には中国語の発音が難しく、どうしてもうまく教えることができない。母親の私が正しい中国語を学んで子供に正確に教えることが望ましいのですが、夫に相談しても相手にしてもらえない。

それで私は一計を案じました。

「今月の携帯料金が予想以上に高く請求されているんだけど。町まで行って電話局に確認してきた方がいいね」と夫に言うと珍しく外出の許可が下りました。

バスに乗って一人で遠い町まで出かけました。終点のバスターミナルの掲示板には社員募集のチラシがたくさん貼ってある。無作為に選んだ番号に電話をかけたところ、すぐに採用が決まりました。私は夫には連絡をしないで、そのまま町に住んで働き始めたのです。

夫からの連絡を絶つために携帯電話の電源も切ったまま。

働いて半月経った頃、久しぶりに夫に電話をかけました。

「今、服の製造工場で働いているのよ」と言うと、夫は「すぐ戻って来い」。

私は「すでに半月仕事をしているけど、給料日は来月なの。給料をもらったら帰るわ」と言いました。夫は、お金が絡む話なので、しぶしぶ許してくれたのです。

勤務先の工場では朝4時から夜12時まで働きました。生理の日だけは夜10時に帰宅。丸一日働いた後、宿舎に帰ってきてから中国の本を読み、意味がわからない単語は同僚に聞きながら中国語の勉強をしました。

ある日、町で一人で暮らしている私の状況を知っている副工場長に呼ばれ、「ボイラー室担当が空席になっている。あまり難しい仕事ではない。ご主人がここに来て働けば家族みんなでいっしょに暮らせるよ」と勧められました。

涙が出るほど嬉しかった。夫と子供を呼び寄せ、工場の近くにワンルームの部屋を借りて家族3人で暮らすようになりました。

2009年の米国務省報告書によると脱北者の約8割が人身売買の犠牲になり、強制的に売春させられたり中国人の妻になるという。中国は伝統的に男児選好の思想と一人っ子政策で女性が足りない状況である（朝日新聞デジタル、2010年2月11日）。

その上、近年工業化が急速に進んだため、農村部の若い女性たちは仕事を求めて都市部や海外に出ていってしまう。取り残されて結婚できない田舎の男たちは嫁不足で悩んでおり、ブローカーに高額の報酬を払って北朝鮮の女性を買うという現象が生じた。

シン氏のご主人は1万2000元をブローカーに払ってシン氏を嫁にした。そのうち6000元はご主人が貯めたお金だが、残りの6000元は村人から借りたという。そのため脱北女性が逃げないように村人全員が監視する。

彼女たちは不法滞在なので正式な結婚はできず、中国公安当局に見つかれば北朝鮮へ強制送還される。中国人の夫との間に子供が生まれても中国では大半が母の戸籍に入るので子供は無国籍のままとなり、周りから「幽霊」と呼ばれる。

1100人以上を韓国まで脱北させて脱北者の父として知られるようになったドゥリハナ（二つが一つになれという意味）宣教会のチョン・ギウォン牧師によると、中国には幽霊と呼ばれる子供が推定で4000人から1万2000人いるという。

中国で貿易会社の通訳として仕事をする

私が働いていた服の製造工場の隣には冷蔵会社の倉庫がありました。

工場と倉庫の警備員同士が雑談をしている中で倉庫の警備員が、

「この前、韓国のバイヤーが商談に来たが、韓国語の通訳が下手でたいへんだったらしいよ」

と言うと、

「あ、うちの工場で北朝鮮からきた女性が働いているけど、通訳ができるんじゃないか」

と服の製造工場の警備員が話したそうです。それを聞いた倉庫の警備員が会社に伝えたところ、冷蔵会社の社長からすぐに連絡がきて「通訳を頼む」と依頼されました。

それからすぐに取引先である韓国の会社の社長に国際電話をかけるように言われました。韓国人との会話は生まれて初めてでしたが、同じ言語なので通じると思い、何も準備をせずに気軽な気持ちで受話器を取りました。

しかし会話が始まると、すぐに緊張が走りました。同じ民族同士、同じように使用しているはずの朝鮮語がまったく通じないのです。北朝鮮語はアクセントが強く、韓国語はアクセントが弱い。また韓国人は外来語を多く交えながら話しますが、北朝鮮の言葉にはそれがありません。まるで初めて聞く外国語のように言葉が聞き取れない。

電話の向こうから聞こえてくる社長の韓国語を聞き取って、時には何回も内容を確認して、重要な部分は何とか意味を把握することができました。自分なりに情報を整理して冷蔵会社の社長に中国語で伝えました。真冬なのに汗だくになっていました。

韓国の会社は中国の栗を輸入している貿易会社でした。中国の冷蔵会社は国内で集めた栗をしばらく冷蔵保管してオーダーがあると韓国へ送っていたのです。その後、何回か通訳を頼まれたので、そのたびに丁寧に仕事をしました。

次第に両社の社長から信頼されるようになり、韓国の会社の社長から社員として通訳の仕事をしてほしいと頼まれ、服の製造工場を辞めることになりました。

仕事の範囲が広がるにつれ、いろいろな人と出会いました。その中でビジネス上の専門用語や契約書の書き方、マナーなども自然と身についてきました。収入も増えて幸運に恵まれた時期でした。

2007年3月、韓国の輸入会社の社長から「中国のある会社から送られてきた栗がすべて不良品だった」と言われました。

さっそく不良品を出した中国の輸出会社の社長にクレームを伝えたところ、中国の輸出会社の社長は「中国からは絶対、優良品を送ったはずだ。韓国の輸入会社の倉庫保管の管理に問題があるのではないか」と非を認めないのです。

結局、韓国の会社は大きな損害を受け、社長から「今後この会社とは二度と取り引きしないように」と連絡を受けました。

9月の新栗の出荷シーズンに輸出会社の割り当てのリストが韓国から中国に送られてきます。そのリストから春に不良品を出した中国の会社が外されていました。

その輸出会社の社長が「何で当社が今回のリストから外されたんだ」と私の自宅に怒鳴り込んできました。まるで私のせいで韓国の会社に栗の輸出ができなくなってしまったような口ぶりです。

「前回、韓国からクレームがあったときに素直に認めればよかったのに責任回避したでしょう」

と強い口調で言い返すと社長は気持ちを抑えられなかったのか、

「どうやって中国に来たのかわからないけど、私はあんたを北朝鮮にすぐ送還させることもできるんだぞ」

と怒鳴り、わめきちらしました。売り言葉に買い言葉で、

「そうしなさい。ありがたい話だわ。いつも国が恋しくて戻りたかった。あなたのおかげで帰郷できるからとても嬉しいわ」と負けずに彼に言い返しました。

万一、彼が本当に中国公安当局に申告すれば、私は愛する息子と離れ離れになります。でも彼の会社がリストから外れたのは私のせいではありません。

(彼にもそのくらいの判断力はあるだろうし、私と同じく子供を持つ親である彼が、まさか申告するはずはないだろう)

しかし予想は見事に裏切られました。彼は帰ったその日のうちに公安当局に申告したのです。

2007年9月7日朝方5時頃、私は中国の公安当局に逮捕されました。

北朝鮮へ送還、収容所での辛い生活

逮捕されてしばらく私は公安当局に勾留されていました。半月ほど経った頃の暴風雨の激しい日の深夜2時頃、北朝鮮と接する中国側の国境村の丹東市《たんとうし》に到着し、身体検査が終わるとすぐ収容所へ。

数日後、北朝鮮の新義州市《シニジュシ》の脱北者収容所に送還されました。翌日、受刑者に対して世界一、残酷な拷問をすることで知られている北朝鮮の保衛省の人々がやってきたのです。

世間知らずの私は、ここに送還される前は、

「祖国だからひどい目にはあわせないだろう。中国にいた間は犯罪行為もしてないし」

と軽く考えていました。しかし期待は裏切られました。保衛省の人は、

「ケガンナセキ（子犬め）、頭を下げろ」

憎悪に満ちた悪魔のような顔をして私をにらんだのです。それを見た瞬間、全身が震えました。

突然、身体検査が始まりました。否応なく丸裸にされると女医がゴム手袋をはめて、子宮の奥深くまで手を入れてかき回しました。

「何でこんなことまでするのだろう」

後で先輩収容者から聞いた話では送還された脱北者は子宮の中にお金を隠している人が多いのだ

そうです。お金が出てきても国のお金になるわけではありません。当然のように、すべてのお金は看守らの懐に入る。

収容所の部屋は1坪から2坪ぐらいで水タンクと便器が置いてあります。その狭い部屋で11人が寝食をともにし、24時間通して監視されました。部屋の片隅に便器があり、トイレに行くたびに「○○番、トイレに行きます」と手を挙げて報告しなければなりません。

食べ物は中国産の豚の飼料のようなものが与えられる。ワカメスープは腐っているし、虫が浮いている。お椀の底には砂利が沈んでいる。初日はどうしても食べられず何も口にしませんでした。

看守は、

「この女め、中国でうまいものをたくさん食べてきたから口にしないのか？」

と言いながら何度も殴る。何日かは食べずに我慢していられたのですが、さすがに空腹が酷く飢えに耐えられなくなって少しずつ食べ始めました。

あるとき、生理が始まりました。私は中国から送還された当時の服のままで、その一着しかなく生理用品を持っていません。そこで、看守にハサミを貸してほしいと頼みました。

「何に使うのか」

「生理が始まりましたが、生理用品を持っていません。長袖の下着を切って使おうと思います」

「これから厳しい冬になる、下着がないと凍死する恐れがある」

ときっぱり断られました。不思議なことに翌日から生理がピタッと止まりました。それが嬉しくて、嬉しくて。

収容所での劣悪な生活で、ストレスがピークに達したのが原因だと思います。厳しい冬の寒さの中、顔を洗うにも部屋の隅の錆びた水タンクから出てくる冷たい水しかありません。仕方なくその水で顔を洗った他の女性たちは顔も手も荒れて肌からは血がしみ出ている。私は子供のときに聞いた小便療法を思い出しました。

半信半疑ながらも自分の小便で顔や手、足、ときには全身をマッサージするようにこすったら嘘のように柔らかい肌に変わりました。


脱北者の中で私は軽罪に分類され、新義州保安省管轄の収容所に入れられました。

1か月間の重労働の後、次の調査期間に入り、故郷近くの管轄収容所へ移送されたのです。真冬は寒すぎて収容所で寝泊まりするとみんな凍って死んでしまうために、夜だけは収容所近くの兄の家に行くことが許されました。

ある日の午後、「どうしても母のお墓参りをしたい」と嘘をついて外出許可を取り、収容所を出てそのまま逃げました。私が逃げたら兄が罪に問われるでしょう。でも調査期間が終わったら、また刑務所へ行かなければなりません。

私は自分のために逃げるか、家族のために留まるか、激しい心の葛藤で毎日、苦悩しました。そしてついに「今、脱北できなければ、死んだほうがまし。収容所生活は二度と送りたくない」という気持ちが「兄に申し訳ない」という気持ちに勝ったのです。
収容所の辛い日々の中で「今度脱北したら、絶対に韓国へ行こう」と心に決めていました。中国では不法入国者のレッテルが貼られ、どんなに頑張っても一瞬の隙を見せると北朝鮮に送還されてしまう。だから中国行きは絶対避けたかったのです。

シン氏によると脱北した後に捕まって北朝鮮に強制送還される人々は、北朝鮮の保衛省の犯罪基準により刑罰のランクが決められる。

中国に脱出してから韓国行きを試みて捕まった人は強制収容所行きや公開処刑など重い刑罰が課されるが、中国で人身売買された人や経済的な理由のために中国の食堂などで働いた人は前者よりは刑罰は軽い。

シン氏は保衛省の徹底的な調べで後者に当たることがわかり、幸い酷い刑罰から免れた。

中国人に助けられた2度目の脱北

姉の家まで逃げると携帯電話を借り、中国にいたときにお世話になった栗の輸出会社の担当者に、「脱北するから助けて！」と緊急メールを送りました。
すぐに3人の中国人が河北省から2000キロも離れた豆満江《トゥマンガン》まで車で迎えに来てくれました。

ただ国境付近の山や森、草などはどこも同じ景色で待ち合わせにいい場所がなかなか見つかりません。何かないかと探し回ったところ、

『21世紀の太陽、金正日将軍万歳!』

とハングルで書かれた宣伝用の看板を見つけました。それを待ち合わせ場所に指定しようと思ったのですが、私を迎えにくる中国人はハングル語を読めない。わかるのは「21」の数字だけです。彼らは国境近くに詳しい地元のタクシー運転手とともに「21」の看板文字を目指して走ってきてくれました。

北の国境警備隊には、あらかじめ中国人側から連絡を取って取引の条件を決めてもらってありました。私の脱北を見逃す代わりに「中国人民貨幣4000元、お酒、タバコ、おつまみ、非常薬品、携帯電話」を渡すことになりました。

カチカチに凍っている豆満江の上ですばやく取引が行われ、私は中国に渡ったのです。

中国に着いてからの1か月間は以前、中国で働いていた頃、仕事で知り合った多数の中国人たちが手を貸してくれました。

隠れる場所を探してくれた人、身分証明書とパスポートを用意してくれた人、生活費を用意してくれた人、等々。さまざまな面で助けられました。そのおかげで、私は1か月後に韓国に入ることができました。

そのときに、お金より大事なものは、

「仕事経験とそこから得られた人間関係」
それが私の財産だと気付いたのです。

韓国での試練

2008年8月、韓国に着いた私は北朝鮮に送還される前に社員として働いていた釜山の栗の輸入会社を訪ねました。そして通訳社員として雇ってもらえることになりました。とても運がよかったのです。

しかし、ツキもそこまで。入社後間もなく、リーマンショックが起き株価が急落。輸入業界は為替相場による甚大な打撃を受けました。会社の倒産が続出し、翌年の2009年には、勤め先の会社の代表が資金繰りに困ったのか突然姿を消しました。

倒産寸前の状況に私は焦り、新しい職場を求めて釜山を発って高速鉄道KTXに揺られてソウルに向かいました。大都会ソウルには私が働けるところはいくらでもあるだろうと思い、場当たり的に職探しをしたのです。

数日間の職探しで出した結論は、釜山行きのKTXの席を予約することでした。釜山に向かって走る電車の窓際に座り、窓の外の景色を見ていると線路沿いの地方都市や穏やかな農村の風景が走馬灯のように過ぎ去っていきました。

韓国の土さえ踏んだら、すべてがうまくいくだろうと思っていたのです。それがこんなことになるなんて。

電車に乗っている間中、自分ができる仕事は何だろうとずっと考えていました。中国と中国語についてはある程度、自信を持っている。現在の勤め先の栗の輸入業務については、社内では私が一番、詳しい。中国での生産と流通過程についても、すべて把握している。

ふと思いつく。「この仕事を直接やってみるのはどうだろうか」

会社に戻って、常務に「私がこの会社の代表を引き受けるのはどうでしょう」と話すと常務は「あなたなら、うまくできるんじゃない」とあっさり認めてくれました。

当時、手元には1年間働いて貯めた貯金と韓国政府から脱北者への支援金を合わせて900万ウォン（約90万円）がありました。それを使って従業員に支払っていなかった未払いの賃金の残りと倉庫保管料、水道光熱費などを支払いました。

会社業務の引き継ぎが終わると、さっそく中国の取引先に電話を入れ、これからこの会社の代表を務めることを伝えました。


シン氏が韓国で最初の仕事に就いた過程は脱北者としては非常に恵まれたケースである。多くの脱北者が韓国に来て最初に戸惑いを感じるのが、北朝鮮での職業能力が韓国社会で認めら

れないこと、または非常に低く評価されることだ。

理由は仕事のルールの違い、業務のやり方や用語の差、技術の差などさまざまである。従って大半の人は最初はまともな仕事には就けず、生活のために仕方なく食堂のバイトなど肉体労働の仕事に就くことが多い。

南北ハナ財団が２０１４年12月までに入国した15歳以上の脱北者を対象に実施した経済活動実態調査（２０１５年度版）によると、「雇用主」の比率は２・８％に過ぎない。資本主義システムに慣れてない脱北者が起業の道を選択するケースは極めて少ないことがうかがえる。

誰よりも早く新栗を輸入して利益を得る

こうして会社の経営を引き受けた私は中国の取引先会社の社長たちに会社の現状を知らせました。資金がないという事情を察知している中国の取引先から「今回は48トン分の栗を後払いで送る。余裕が戻ったときに払ってくれ」と連絡が入りました。

とても親切な提案で感激しました。

でも私はその提案をきっぱりと断りました。心の中では、その栗が喉から手が出るほどほしかったのですが、そこまで私を信用してくれている彼らに万一、商品の代金を返せない状況になったら迷惑をかけてしまいます。その責任はどうするのか慎重に考えた結果の判断でした。

数日後、テレビを見ていると流れている字幕の一文が目に留まりました。

「小商工支援センターが中小企業を対象に担保なしで1000万ウォン（およそ100万円）を貸し出す」

すぐにそのセンターを訪ねて会社の現状を説明し、融資請求書類を提出しました。幸運なことに数日後に1000万ウォンが会社の銀行口座に！　さっそく親切な提案をしてくれた中国の取引先に連絡し、新栗を1000万ウォン分だけ仕入れたいと伝えました。

リーマンショックの影響で当時の市況は最悪だったのです。同じように中国の栗を輸入する競争会社の韓国の倉庫には去年の栗の在庫がたくさん残っており、為替相場も中国元に対する韓国ウォンの急落で新栗を新しく輸入する余裕はありません。

そのため中国側でも新栗がだぶついて困っていたので中国の会社は即座に私の要望に対応してくれました。

釜山に入荷した新栗は高値であっという間に完売。この事態を手をこまねいて見ていた栗の問屋業界は突然、現れた脱北者の女社長がリーダーシップをとることに不安を感じ、競争会社に新栗の輸入を促しました。

でも競争会社は在庫を抱えているため、新栗を買うことに躊躇。その間、我が社は1回目の売り上げを使って2回目に仕入れた新栗を、あっという間に売り切りました。

栗のマーケットは新栗の入荷時期に最初に市場の流れをつくった会社が収益を得ます。私たちが3回目の新栗を仕入れたときには競争会社も新栗を仕入れていましたが、すでに市場は我が社のコントロール下で動いていました。豊かになった会社の資金で機械などを最新の設備に買い替え、センターから借りていたお金も返済しました。

シン氏が取り扱っている小粒の栗は日本の甘栗と源流が同じ中国栗だ。栗の産地で有名な中国の河北省の栗で、天津に集荷されて輸出されたため、日本では天津甘栗と称された。一般の栗とは違い、甘栗の殻はきれいにパリッと剝けるのが特徴である。

日本では天津甘栗一筋で創業100年になる会社があるほどで歴史はかなり古い。一方、韓国では中国栗ビジネスが始まったのはわずか10数年前で歴史はまだ浅い。

古い問屋業界との別れ

2010年の末に大きな転機が訪れました。

韓国で問屋との取引を続けるためには問屋の社長たちとの人間関係の構築が重要です。そのためには定期的な飲食の接待が必要で、私は毎晩のようにあちらこちらの問屋の社長と2次会、3次会と店を変えながら深夜までお酒を飲み続けました。

生まれつきお酒が飲めない上、北の収容所で冷たいコンクリート床の上で寝泊まりしていたので胃が弱くなっており、お酒を飲むとすぐ拒否反応が出ました。

都心から家まではかなり離れていたため、接待が終わると帰宅せずに事務所で寝る日々。お酒を飲みすぎてトイレで吐くことも多くなり、眠れない日が続きました。韓国焼酎の瓶を見ただけで吐き気がするようになってしまいました。

私が徐々に接待を避け始めると、その隙を狙って競争会社が問屋に接近していきました。そして問屋が次第に私の会社とのビジネスを減らすようになっていったのです。

２０１１年に入ると会社の状況はさらに悪化。でも経営改善策について相談できる人は一人もいません。一人で悩み続ける日々が続きました。

そんなときにふと思いついたのがＩＴの活用でした。ＩＴ先進国と呼ばれている韓国でＩＴを利用して会社を立て直す方法はないだろうかと思い、いろいろと調べてみました。この業界の問屋の社長たちは年老いており、頑固オヤジでまったく変わろうとしません。

どこよりも古い慣習に縛られている。ほとんどの人は飲食の接待でビジネスを行っています。でもそのビジネスのやり方は今の時代に遅れているのではないか――。

この点に注目し、問屋を通さないネットショップのオンライン市場に目を向けたのです。すぐにホームページを作る会社に依頼して60万ウォンを投資してホームページを構築しました。

また競合他社との差別化を図るためにはブランド化が欠かせないと思いました。

そこで社員たちにブランドのアイデアを募集したら、中国の栗は小さいので「Kid's ヤクバム」にしようという提案が出ました。

ヤクバム（薬栗）は朝鮮時代からの栗の愛称で中国系統の栗には漢方の薬になる成分が入っていると重宝したことからそう呼んでいました。面白いアイデアだと思い、すぐに取り入れました。

当時、韓国ではソーシャルコマースというオンラインモールが消費者の間に人気でした。

我が社のネットショップを開設して間もないうちにソーシャルコマースの大手「ティモン」から業務提携の提案を受けて、我が社のホームページを「ティモン」のページに連動させてもらうことになりました。

ティモンのオンラインモールで私は最初から勝負に出ました。2011年4月から栗を定価の半額で売り出したのです。5月末になるとティモン側でも宣伝をしてくれたため、その効果は大きくネットからの注文が殺到し、サーバーがダウンするほどでした。

すぐに数百万ウォンをかけてホームページをアップグレードさせ、さらに洗練されたイメージづくりに力を入れ、その結果、2011年度にはネット通販市場をリードする立場となり、売上高は20億ウォンを超えました。

韓国では生の栗に包丁の切り目を入れて販売し、購入した各家庭で電子レンジでは5分、フ

ライパンでは10〜15分焼いてから食べる形が主流だ。

日本では炒った栗が売られているが、韓国では電子レンジが普及した後で甘栗が販売されるようになったので、便利な電子レンジを使うようになったのだろう。

実際、フライパンで焼いて食べてみたが、満腹になるまで手が止まらない。

ホームページの画像には「切り目が入っているので調理が簡単だ」という宣伝文句が入っている。

さらに「NO砂糖、NOトランス脂肪酸、NO添加物、そして栄養がたっぷり入っている」ことをアピールしている。実際甘くて栄養が高いので子供のおやつとしても大人気だ。

ネット通販市場での試練

2011年にティモンとネットショップを連動して以来、売り上げがよく、ティモン社から3年間VIP待遇を受けていました。ティモンは他の栗販売業者とは契約せず、我が社は他のソーシャルコマースと契約しないことが契約条件でした。

しかしある日、ティモンモールで競合会社が栗を販売しているのを見つけました。私はすぐに担当者に電話をかけて「どうなっているんですか?」と聞きました。

そうしたら担当者は「ビッグイベントを企画し、その一環で競合会社の栗を10日間だけ期間限定で販売している。今回は大目に見てほしい」と言いました。

ティモンとの約束を信じ、我が社は3年間にわたって他社のモールでの販売を断り続けてきました。ティモンに迷惑をかけてはいけないと顧客管理と品質管理を徹底し、相手との信頼関係を重視するというビジネスの基本を守り続けてきたのです。

それにもかかわらず隠れて約束を破ったティモンのずるい行動を私はどうしても許せません。ティモンとの契約を解除しました。

これからどうするか、新たな課題にぶつかりました。しばらく悩んだ末、オープンマーケットの「Gマーケット」「11番街」「新世界」といった多様なモールに出店することに決めました。

そしてこれまでティモンで定価1万4000ウォンのところ割引価格の7500ウォンで販売していた商品をオープンマーケットでは1キロで7000ウォンの特別価格で販売しました。すると予想通り、栗は猛スピードで売れたのです。

格安イメージが定着しているソーシャルコマースよりオープンマーケットで最安値を設定して売り出したのが奏功したのでしょう。すでに「Kid'sヤクバム」はブランド力があったので消費者に安心感と割安感を与えたのだと思います。

韓国のロッテホームショッピングという大手ネットショップでの「Kid'sヤクバム」の顧客レビュー（2018年3月12日のデータ）によると現在まで顧客満足度評価に参加した累積人数は5825名。

総合点100点満点で価格については97点、味が96点、包装97点、配送98点、総合評価97点と、非常に高い。

「Kid'sヤクバム」は他にも多くのショッピングモールに出店していますが、ほぼ同じ評価で、消費者から高い支持を得ていることがうかがえます。

新世界モールのレビューの内容を見ると、

・配送が早く値段がリーズナブルである。
・味がとても甘いので子供たちが大好きです。
・冬の間ずっと食べたいので3キロ買い、我が家では受験生のおやつとして使っています。
・ヤクバムは冬になると必ずインターネットで注文する。栗はたくさんの会社が販売しており値段も似たようなものだが、顧客の意見を丁寧に聞いてくれるKid'sヤクバムを購入することにした。
・添加物が入ってない自然のものなので子供にお菓子代わりとして安心して食べさせています。
・我が家では1キロ注文しても「栗の泥棒」がどこかに隠れているのか、すぐなくなってしまいます。

と、概ね好評だ。しかしいくつかは、

・値段がもっと安くなった方がよい
・思ったより栗の玉が小さすぎる

という辛口意見も入っている。

競争相手との戦い

当社はネットを通じて直接、消費者に小売りをしましたが、ネット販売をしている小売販売業者にも中国栗を卸していました。

2014年頃、競合会社と思わぬことで戦うことになりました。

ある日、競合会社で経理を担当していた知人が我が社の事務所にやってきました。話をしているうちに知人は「実は競合会社を辞めて2か月経っている」と言ったのです。

ちょうど我が社も経理担当の欠員があり、社員を募集していたので「いっしょに働こう」と誘い、知人は翌日から勤務を始めました。

数日後、競合会社の社長から電話があり、「うちの経理社員を引き抜くなど許せない。すぐ辞めさせろ」と苦情を言われました。私は「理由はともかく、採用したばかりの人を辞めさせるわけにはいかない」と答えました。

その後、相手会社の社長は手段を選ばず、我が社の取引先を奪い始めました。

これがきっかけになり、やがて両社の間で激しい値下げ合戦が始まり、我が社の営業利益の損失は日々、膨らんでいきました。

当時、我が社はネット販売の小売り業者に栗1キロを6000ウォンで卸していましたが、相手会社が5500ウォンに値下げして卸し始めたのです。これに対抗し、我が社が5000ウォンで卸すと相手は4500ウォンに値下げするという、いたちごっこに。

そこで私は賭けに出たのです。

ネット販売の小売業者の取引先に「3月から新栗が出る9月までの間、3500ウォンで卸す」とメールで案内しました。

当時の栗の輸入原価は4500ウォンでしたから3500ウォンで売れば1キロ販売するたびに損失が1000ウォンずつ発生する計算になります。売れば売るほど損する無謀な戦い。しかも新栗輸入までの半年を耐えなければなりません。

その対策のため私はすぐに中国へ飛びました。

ちょうどその頃、現地の情報収集や生産者との人間関係を維持するために我が社では中国で社員を一人雇用していました。彼には常に市場の最新動向や生産者が輸出業者に納入する単価などの情報を収集させていました。

彼から中国では国内需要が芳しくないためか、売れ残りの在庫をたくさん抱えている農家が多いことを聞いていました。小規模の生産農民の場合、海外バイヤーとの直取引がないので大手に買い付けてもらえない限り、売れ残りの在庫を抱えることになります。

その上、3月頃になると気温が上昇するので冷蔵保管費用も負担になってくる。そのまま倉庫保管を続ければ管理費用の負担で赤字が発生するのです。

中国の輸出会社は、こういう事情を利用して農家から格安の値段で買い占める。彼らはこうしてかき集めた栗を海外に輸出し、富を蓄積するのです。

私はこういう現地の状況を知っていたので、中国の輸出業者に直談判したのです。韓国国内の値下げ合戦による卸値の事情を説明し、

「今回だけ栗の仕入れは我が社で直接行うので、加工だけやってほしい」

と切に訴える。最初は頑なに断られましたが、何度も頼んでいるうちに私の要請に協力すると言われました。

中国渡航前、現地の社員に、あらかじめ在庫を抱えている農家を調べるように指示を出しておきました。空港に着くと、出迎えに来ていたその社員とそのまま農家へ向かい、仕入れ価格を交渉しました。

その結果、とても安い値段で栗を仕入れることができました。何軒も回り、大量の在庫を確保しました。それから半年の間、ネット販売の小売業者に３５００ウォンで卸す約束を守り抜きました。

もちろん、会社の利益も十分満足できるだけ確保しながら。

一歩前進のために一歩下がる

私はこれまではビジネスでは収益を出すことだけに専念してきましたが、正常で合法的な会社経営のために必要な「貿易業務知識」はありませんでした。売り上げが伸びるにつれて2009年から今まで税関調査、関税局調査、国税庁調査をそれぞれ2回受けました。

この調査によって罰金を払うことになり、会社は大きな打撃を受けたのです。さらにセウォル号沈没事故やマーズ（MERS：中東呼吸器症候群）によって韓国社会全体の消費が落ち込み、中国からの輸入加工食品の栗の売り上げも大幅に落ちました。

これがきっかけになって私は今の会社の構造を変えようと考えたのです。今までは会社の収益を増やすことだけに専念して税金などは軽視していました。でもきちんとした会社として育てていくためには、それでは務まりません。

「二歩前進のために一歩下がって考える余裕を持つ」

そう考えて私はサイバー大学の経営学部に入学し、勉強を始めました。今、大学3年生で会社の経営と納税について一から勉強している最中です。幸い、昨年末から売り上げは伸び始めています。もっと力を入れると売り上げはより伸びるはずです。

しかしその前にまずは税務知識などをしっかり習得するための知識パワーの充電に時間を割きたいのです。

あれだけ激しく戦った競争相手とも現在は仲良くなりました。中国栗の輸入会社は5社ありますが、最初は私が脱北者であり、また女性社長であるということで皆、私を見下したわけです。しかし負けず嫌いで頑張ったことで皆が私の力を認めてくれるようになりました。現在は月に1回集まっていっしょに食事しながら、お互いに情報交換をするまでになりました。また緊急問題が発生したときには、お互いに助け合う関係になりました。

今は中国から連れてきた息子といっしょに幸せに暮らしています。息子は今、高校生です。離れていた時間が長かった分、休日にはいっしょに図書館へ行ったり、毎日放課後、塾まで送り迎えをしています。

中国にいる主人にも何回も韓国に来るように誘いましたが、韓国語ができないからという理由で未だに中国暮らしです。北朝鮮の母親はすでに亡くなり、父親は残念ながら金正恩体制を信奉する人なので絶対、韓国には来ようとしません。兄の家族も同じです。

2度目の脱北をした際に中国のブローカーを通じて義姉に2万元を渡したので、お金には不自由していないと思います。それだけのお金があれば北朝鮮では家を2軒買えます。

妹家族は北朝鮮の政治体制を嫌っていたので私が説得して家族全員を脱北させました。現在は私が経営する会社で夫婦ともども一生懸命仕事をしています。

私に与えられる試練は神から試されている証なのだと考えています。これまで乗り越えてきた試練は、これから与えられる試練を乗り越えるための事前学習なのかもしれません。

しかし今はもう恐れてはいません。数多くの危険と苦難に直面しても諦めなかったので、ここまで来られたのです。これからまたどんなに辛いことがあっても乗り越えられる自信があります。

韓国は未だに縁故主義が色濃く残っている社会だ。学縁、血縁、地縁を重視する濃密な人間関係で成り立っている。

これらは特に男性中心のビジネス社会で新しいビジネスを開拓するためのきわめて重要なファクターであり、それが就職にも昇進にも大きな影響を与える。しかし彼女はこれらにつながるものを何一つ持っていない。

「コネ」がない、「カネ」がない、「オトコ」ではない、「ガクレキ」がない。だから成功できない――という理屈は彼女の前ではまったく通用しない。

ソウルと釜山での長い取材を終えた私は、どんな試練があっても絶対、屈しない凜々しい女大将と出会った気分だった。

命を懸けて得た自由の翼と先見の明を持った女大将は、これからどこまで高く青空を飛ぶのだろうか、実に楽しみである。

筆の力と国家

チャン・ジンソン

脱北者の中に特別な人物がいた。自分で書いた詩のノートを胸の中に隠して豆満江を渡り、その詩集を韓国や日本で出版した詩人、チャン・ジンソン氏だ。

2016年の春、私は初めて彼の詩集を読んだ。

飢餓に苦しみ死にかけた母親が「わたしの娘を100ウォンで売ります」という板を首にかけて野外市場に娘と立っていた姿をうたった詩――。

その詩を読んだ瞬間、私は言葉で表せないほど衝撃を受けた。

私はすぐに氏にインタビューを申し込んだ。脱北後、今は韓国で北朝鮮情報サイト「NEW FOCUS」を設立して代表を務めている氏は快く応じてくれて翌月、韓国で会うことができた。

氏は朝から黒のサングラスをかけて現れた。そのいでたちを見て私は緊張した。しかし5分も経たないうちに冗談を飛ばすその姿に、とても温かい心の持ち主だと感じた。サングラスをとった彼は優しい目をしていた。

2012年夏、ロンドンのサウスバンク・センターで開かれた第30回ロンドン・オリンピック主催の「ザ・ポエトリー・パーナサス（The Poetry Parnassus）」で153か国の詩人の一人として、氏も招待された。その肩書は「北朝鮮代表詩人」――。

真実を知らせた一編の詩

1994年まで北朝鮮は全国民に食料や消耗品を配給することによって国民をコントロールしていたのです。

この配給制度が崩壊したとき、金正日は国家のプライドを守るために「あげるよ、あげるよ」と言いながら長い間、何も配給しませんでした。「これから食料を配給できない」という真実を国民にちゃんと知らせれば多くの人は飢え死にしなかったはずです。

長い間、国家から配給されるもののみで生きてきた、自分の財産を持たない人たちは「もらえない」という情報がなくて対応できなかったため、1995年から1998年の間に300万人が飢えて死んだのです。

私が書いた詩「わたしの娘を100ウォンで売ります」は平壌市で私が実際に見た話です。ある日、私が市場を通ったとき、多くの人が集まっていました。人波をくぐって輪の中心に入ると、ある少女が「わたしの娘を100ウォンで売ります」と書かれた板を首にかけて立っていました。隣には母親と見られる女性が頭を下げて立っています。二人はまるで死刑囚が人民裁判を受けるかのように立っていました。

そうこうするうちに周りの人々が「あの人、本当の母親なのか」と悪口を言い始めました。またある人は「この女、犬でも300ウォンするのに、娘を100ウォンで売るなんて!」と騒ぎだしたのです。女性の表情はまったく変わらず、顔色はすでに死に顔のような土色になっていました。骨しか残ってない指は血がまったく通ってないようでした。

ボロボロになった汚い服は何回も重ね縫いをしたのか分厚く、貧乏暮らしを何とか生き残ろうとがむしゃらに生きてきたのだろうと思われました。

そのとき、突然、少女は泣きながら「私の母です。悪口を言わないでください。病気でもうすぐ死ぬんです。何日か経ったら母はもうこの世にはいないのです」と叫びました。

少女の叫び声は剣のように人々の心臓を刺しました。

死体を見るより、もうすぐ死ぬ運命の人を見ているときの方がより心が痛むのか、人々は舌打ちをして見ていました。女性は一言も話さず、心ここにあらずという動きでした。

後ろの方から「言葉の話せない人だな」という声が聞こえました。

そうこうするうちに、ある軍人が耐えきれなくなって、「俺が連れていく」と100ウォンを女性に渡しました。その瞬間、お金を握った女性はどこかへ走り去りました。集まっていた人々は「本当のお母さんなのかな？　なぜ逃げるんだろう」と話し始めました。

しばらくすると、その女性が戻ってきて少女の口にパンを入れました。「許してくれ」と懇願する目つきで。100ウォンはパン1袋が買えるお金だったのです。

それを見た多くの群衆が泣きました。命の間際に娘に最後の食事をさせるためのたった100ウォンさえ持っていなかった母親。最後の知恵と力を振り絞って娘を売った100ウォンでパン1袋を買った母親。

人々の泣き声はだんだん大きくなり、私の目から溢れ出す涙は止まりませんでした。

このときの様子を書いた詩集『わたしの娘を100ウォンで売ります』（チョ・ガプチェ・ドットコム）を2008年に韓国で発表しましたが、大きな反響を呼びました。

わたしの娘を100ウォンで売ります

わたしの娘を100ウォンで売ります

その女は憔悴していた
—わたしの娘を100ウォンで売ります
そう書かれた紙を首にかけ
幼い娘をわきに立たせ
市場に立っていたその女は

女は言葉の話せない人であった
売られる娘と

売る母性をながめて
人々の投げかける呪詛にも
地べたをみつめるばかりのその女は

女は涙も枯れていた
ママはもう病気で死んじゃうのと
わめき泣き叫ぶ娘が
母のスカートに抱きついても
ただ唇を震わせばかりのその女は

女は感謝の言葉も言わなかった
あんたの娘ではなく
母性愛を買うと
ひとりの軍人が100ウォンを手渡すと
その金をもってどこへやら駆け出したその女は

女は母であった

娘を売った100ウォンで買った
小麦粉パンをかかえ慌てて駆け戻り
離れ行くわが娘の口へ押し込み
―赦しておくれ！ 慟哭したその女は

（訳 申美花）

この詩が書かれた背景には「苦難の行軍」がある。この言葉は1996年1月1日の朝鮮労働党機関紙「労働新聞」の新年共同社説で使われた、飢饉と経済的困難を乗り越えるためのスローガンである。

東亜日報（2014年2月25日）の記事には「北朝鮮における人権に関する国連調査委員会（COI）の報告書は、1990年代半ばに最大350万人が餓死したという北朝鮮のいわゆる『苦難の行軍』は単なる食料不足という経済的問題ではなく、政治的不平等の結果による体制犯罪だと非難した」と書かれている。

また「旧ソ連の体制崩壊によって経済危機に置かれた北朝鮮当局は、出身階級の低い住民らが住んでいる辺境地域から先に食料配給を減らしたため、同地域に餓死者が集中した。

しかし平壌《ピョンヤン》に住むエリート階層には以前と変わらず食料や消耗品が配給されていた」と指摘した。全国民に対して食料が平等に配られていたら飢饉を避けることができたかもしれない。

事実この時期に詩の作者のチャン氏は北朝鮮の対南工作機関である統一戦線部の幹部というエリート階層として平壌で暮らしていたので、定期的な配給が絶えたことがなく、飢饉の事実を知らなかった。

ソウル大学教授である李榮薫《イヨンフン》氏は「金日成が死亡した1994年以降に純金で装飾した墓を作るために使われた資金は9億ドルだった。このお金があれば300万人が死んだとされる1995年から98年にかけての大飢饉でも人々を救えたはずだ」と厳しく批判している。

韓国で2008年4月に出版されてたちまち大きな話題を呼んだ『わたしの娘を100ウォンで売ります』の詩集は日本でも翻訳本が出版されている。

2012年には英国オックスフォード大学が選んだ「レックス・ウォーナー賞」を受賞。チャン氏は、その後もたくさんの作品を通じて金父子王朝で苦しむ凄惨な北朝鮮の現実を告発し続けている。

バイロンの詩に魅了されて

私は1971年に黄海道《ファンヘド》で大学教授の父親と医者の母親の間に生まれました。

親が特権階級だったこともあり、子供のときから有名な先生にピアノを習いました。平壌音楽舞踊大学付属の中学課程に通っていた頃、父親の書斎で偶然手にした19世紀のロマン主義のイギリス詩人であるバイロンの詩が私の人生を変えました。

バイロン詩選は北朝鮮の百部図書に含まれる一冊でした。北朝鮮の中でも上流階層に属する人は外国文化を知る必要があるということで、一般の人には渡らないように世界的な名作に限って100部だけ印刷されるのが百部図書です。特権階級にしか配られません。

バイロンの詩を読んで何より衝撃を受けたのは、北朝鮮では金日成、金正日だけに使うべき固有の言葉である「親愛なる」「偉大な」という表現が日常的に使われていることでした。バイロンの詩集を読んで私は「朝鮮のバイロン」になることを夢見ました。

1992年2月、大学在学中に友人といっしょに作った詩集『祝福される世代の歌』で金正日から感謝状をもらい、その記事が労働新聞に紹介されました。詩が気に入った金正日のはからいもあり、1994年に大学を卒業し、希望通り朝鮮中央放送の文芸担当記者になりました。

1996年には詩人としての才能が認められ、対南朝鮮（韓国）工作機関である統一戦線事業部の職員になりました。1996～98年に金日成総合大学で教育を受けながら統一戦線事業部101連絡所で対韓国心理戦を担当するエリートコースを歩むことになります。

「金正日国防委員長の先軍政治が北朝鮮の国民だけでなく韓国の国民まで守るという広報をしろ」という任務が与えられ、韓国で起きた「光州5・18民主化運動」を素材に叙事詩「英将の銃隊の上に春がある」を書きました。

これが1999年5月22日の労働新聞に掲載されました。

「南にも北にも同じ銃がある。その銃で一方は国民に向けて撃たれ、他方は民族と烈士を守るために使われる。金正日委員長の銃こそ民族のための銃である」

という内容でした。韓国の民主化運動の烈士たちは韓国軍隊の銃に倒れ、北朝鮮の革命烈士たちは死後の霊まで守られているという論理です。金正日はこの詩を読み感激し、私のことを「私の作家」と呼んでくれました。

統一戦線事業部での私の役割は仮想の韓国の詩人や小説家となって北朝鮮を称える文学作品を書き、韓国の民主化運動の活動家に普及させることが主な任務でした。

日本から朝鮮総連を通じて紙などを輸入し、書籍を作り、日本を経由して韓国に持ち込ませ、活動家の必読書として拡散させました。

私が脱北する２００４年当時、韓国でもインターネットが普及していました。私は１０１連絡所の仕事として韓国の住民登録番号を盗用して韓国人になりすまし、ネットで韓国政府の悪口を言うレビューも書きました。

「光州５・18民主化運動」は１９８０年5月18日から27日の間、韓国全羅南道《チョルラナムド》光州市《クァンジュシ》で起きた民主化運動である。

１９７９年、朴正熙《パクチョンヒ》大統領が暗殺され、18年にわたる軍事独裁政権に幕が下ろされた。朴大統領の死を機に始まった民主化運動に呼応して光州でも民主化の動きが強まった。

翌年5月17日、軍の実権を握っていた全斗煥《チョンドゥファン》は非常戒厳令を全国に拡大させ、光州でも警察がいっせいに学生逮捕に乗り出した。5月18日には民主化を求める学生と軍隊が衝突、市民も学生を支援して光州市中は騒乱状態になった。

5月21日に軍隊が学生と市民に発砲し、光州市を封鎖して他の地域から孤立させたが、学生と市民は市の中央部の噴水台を占拠して最後まで戦うことを決議した。しかし5月27日、戒厳軍は市内を制圧した。

この間、戒厳軍から学生と市民への発砲などで多くの死者、行方不明者が出た。「5・18記念財団」によれば認定された死者は154人、行方不明者は70人、負傷者は3028人に上る。

韓国の月刊誌を置き忘れ

統一戦線事業部の部員たちには韓国への工作活動が成功するように韓国の放送や新聞にほぼリアルタイムで接する特権が与えられていました。この組織のキャッチフレーズは「現地化」であり、「平壌の中のソウルになれ！」という指示が出ていました。

しかし私は韓国の情報に接するほど「同じ民族なのに一方は後進国のままで他方は先進国になっていくのだろうか」という疑問が生まれていました。金正日に2回接見しましたが、1回目と2回目の気持ちはまったく違いました。

1回目は韓国の情報に接する前だったので今の体制の中で一生懸命、仕事をしようという気持ちでいっぱいでした。

しかし2回目は韓国の情報にたくさん触れた後だったので金正日に会ってもまったく感動しませんでした。むしろ最も貧困に満ちた国の中に最もお金持ちの王が住んでいるこの体制はおかしいと思いました。

ある日、私は韓国で発刊されている月刊誌の情報を独り占めにするのはもったいないと思い、親友に貸しました。彼は人民保安省（警察庁）の最高位幹部の息子でしたが、月刊誌を入れた鞄をうっかり電車の中に置いたまま降りてしまいました。

統一戦線事業部の部員たちだけが見られる書籍が外部に流出してしまったのです。バレたらどんな厳しい処罰が下るか想像するだけで二人とも全身が震えました。そこで否応なく私たちは命懸けの脱北を決心したのです。

私が親友とともに中国との国境都市の茂山《ムサン》駅に到着したのは2004年1月15日でした。北朝鮮の保衛省に追われながらやっとの思いでここまで到着した私たちは、ただちに中国と北朝鮮の国境を流れる豆満江《トゥマンガン》に向かいました。

川は凍っていました。私たちは勇気を振り絞って川幅が20メートルあるかないかの豆満江の氷の上に立ちました。そして心臓が破裂しそうな勢いで力の限り走って走り抜いたのです。走り終わった後、ものすごく悔しかったことを覚えています。

——今までこのわずか数メートルを渡れず、北朝鮮で獣のように生きてきたのか！

中国に渡った後、私は中国の公安と北朝鮮の保衛省に追われて35日間の放浪生活をしました。極度の恐怖と飢餓、絶望と喪失感に追われながら生きた心地がしませんでした。

生き残れると信じる思いより死ぬかもしれないという恐怖の方が大きかったのですが、自由への渇望は恐怖を超える大きさでした。

行く先々で中国に居住している朝鮮人、韓国人など多くの人の助けがあって、約1か月後、駐中韓国大使館に到着し、韓国へ無事、脱出することができました。

しかし、いっしょに来た親友は途中で親戚の家に寄ったため、潜伏していた北朝鮮の保衛省に捕まえられ、北朝鮮に送還されました。彼は山道を走るバスに乗って北朝鮮に送還される途中、「用を足す」と言ってバスから降りたところで崖から飛び降りて自殺しました。

私は運命を共にしてきた自分の分身に近い親友を失い、もう残りの人生でこれ以上の挫折はないだろうと思いました。

「NEW FOCUS」設立

韓国に到着した後、2005年から韓国情報機関傘下の国家安保戦略研究所で研究員として勤めました。

しかし2010年12月に解任。理由は研究所長の許諾を得ずに韓国のケーブル放送、tvNの討論会で故黄長燁《ファンジャンヨプ》委員長を弁護するパネラーとして参加したからです。所属機関は私を懲戒ではなく罷免しました。

周囲からは「法に訴えた方がよい」と言われましたが、政府が代わるたびに対北朝鮮政策も変わる国策研究機関に勤めるより自由な活動で私の存在意義を示したいと思い、独立を決心しました。

しかし独立は容易ではありません。私ができることは文書を書くことだけなのですから。多くのマスコミに履歴書を送りましたが、よい返事はもらえませんでした。

ある日、付き合っていたソウル出身の彼女に「脱北者のために新聞を発行したい」と告白しました。国家安保戦略研究所に勤めていた頃は安定した給料をもらっていた私は、解任されてから苦しい生活を余儀なくされていましたが、生活保護費で暮らしている脱北者の苦労も計り知れないため、弱い立場の彼らを代弁したいと思ったのです。

彼女は私の計画を聞いて躊躇なく設立資金として5000万ウォン（約500万円）を出資してくれました。

2011年にインターネット上で北朝鮮について報道するニュースサイトの会社を設立しました。当時、韓国には2万5000人の脱北者がいると言われていましたが、もし南北が統一したら2500万人の北朝鮮の人々の声を代弁することになります。

将来も見据えて、どんな会社名がいいのか興奮気味で毎晩、考えました。

統一後の北朝鮮の住民に必要なのは「真実を見る目と真実を聞く耳」、それを育むことが私の会社の役割だと思いました。そこで、「世界の中の北朝鮮になってほしい」という思いを込めて、英語で「新しい焦点」の意味である「NEW FOCUS」と命名しました。

北朝鮮を誰よりもよく知っている脱北者の視点でさまざまなことを分析し、研究したいという意味も込めました。

運営した当初、記者たちは経験不足で運営資金も足りませんでした。そのため大きな悩みは、「脱北者のニュースサイトとして、どのようにすれば生命力を維持できるか」ということ。北朝鮮も脱北者社会も閉鎖的です。

しかし私はニュースサイトの運営者としてのプライドを持っていたので北朝鮮について妥協した記事を載せたくはありませんでした。

そこで韓国人の国民性である「パリパリ」（早く早く）を捨てて「ゆっくりゆっくり」方式で行くことにしました。まず北朝鮮の日常と韓国の日常を比較しながら記事を書いていき、そのうちにだんだんと「NEW FOCUS」らしい役割と地位を築いてゆくことができました。

北朝鮮からどのように情報を集めるかを考え、北朝鮮に住む人に携帯電話を渡しました。それによって一般住民の動向や下部機関の決めた事柄などの情報を、いつでも貰えるようになりました。この経路は音声通話という制限された手段ですが、たいへん有効です。

北朝鮮と中国の国境に住んでいる北朝鮮の内部と通じる人々から資料をもらうこともあります。中でも「NEW FOCUS」が一番力をいれている情報の収集先は中国に出張で来ているエリートたちです。彼らは北朝鮮のパスポートを持っていますし、北朝鮮と中国を問題なく往来できるため、平壌内部の情報を逐次、得ることができます。

出張で来ているエリートたちが使う中国のホテルやレストランに情報提供のお願いのチラシを置くと北朝鮮の体制に懐疑的な人たちから「NEW FOCUS」にメールで情報が送られてきます。「NEW FOCUS」では入手した情報は必ず根拠を調べてからニュースとして掲載しています。情報を公開しているのは、今の北朝鮮の技術では当社のサーバーはハッキングできないとわかっているからです。

北朝鮮から中国に出張で来ているエリートたちが自発的に情報を送ってくれるということは、彼らの意識は北朝鮮の中だけにとどまらず、すでに北朝鮮の外を見ているという証拠でもあります。

このようなことがあり、北朝鮮は「NEW FOCUS」と私を7回、非難しました。

ところが北朝鮮の思惑とは逆に、そのことによって「NEW FOCUS」は中国への出張者の間で広く知られることになりました。そのおかげで私たちは中国と北朝鮮内部にも通信員を確保することができたのです。

「NEW FOCUS」の主要なメニューは三つです。一つ目は北朝鮮ニュース、二つ目は脱北者ニュース、三つ目は脱北者支援のためのニュース。

一つ目の北朝鮮ニュースは、他より早く情報を載せることよりも「正確さと信頼」をモットーに北朝鮮にいる通信員たちと連携して現場のニュースを伝えています。

二つ目の脱北者ニュースは脱北して韓国で定着し、成功した多様な人物を発掘、紹介するコンテンツ。

三つ目の脱北者支援のためのニュースは就職情報や就職のための教育プログラムなどを知らせています。さらに脱北社会の倫理と原則を追究し、監視するメディアとしての役割を果たしたいと思っています。

韓国人のパリパリ（早く早くの意味）文化は元々の朝鮮民族の資質ではなく、朝鮮戦争を経験し、近代化の過程で生まれた文化だという意見が多い。

外国人が韓国に来て最初に習う言葉は「가（カ）、나（ナ）、다（ダ）…」というハングル文字の基本形ではなく、パリパリという言葉だと笑われるぐらいだ。

戦争後、このパリパリ文化が韓国に浸透し、国民性に与えた影響は大きく、韓国人が自嘲して言うには「自動販売機の商品の出口に手を入れて待っている」「ウェブサイトを開こうとして3秒で画面が立ち上がらないと閉じてしまう」「高速バスが終着駅で止まる前に全員立つ」「カップラーメンに湯を注いでからの3分を待てなくて箸でかき混ぜてしまう」「カード決済が始まる前にペンを握っている」という有り様だ。

食堂へ行って注文したものが早く出ないと「これから材料を買いに行くのか」と督促し、注文したものを受け取ったら10分以内で食べてしまう。ご飯とおかずをスプーンで混ぜていっきに食べてしまうビビンバは国民性にぴったりのメニューだと言われる。

チャン氏は、このパリパリ文化がメディアの報道姿勢においても適用されるのを恐れている。特ダネをどこより早く提供したいがために正確ではない記事を流してしまうと、後戻りできないからだ。

チャン氏はそれを避けるため、パリパリではなく鋭い洞察力でメディア界をじっくりウォッチングする道を選んだ。遅くても「正直で信頼できるもの」が重要だと信じ、わざと「誰よりも早く」ではなく「誰よりもゆっくり」進むことを経営理念に決めたのである。

そして会社設立以来、今まで「NEW FOCUS」は根拠のない北朝鮮の情報は公開せず、「真実」のみを伝えるという原則を守っている。

——ここからは「NEW FOCUS」の社会部門のニュースに興味深い記事があったので紹介

する。

変貌する北朝鮮の女性

〈最近、北朝鮮で爆発的な人気を博す一字型眉タトゥーと二重色のヘアカラー〉

最近、平壌の女性の間で自然さを演出する一字型眉タトゥーが流行っており、全国に広がりつつある。「NEW FOCUS」の北朝鮮通信員によると「平壌から来たタトゥー専門家が地方にある美容室に滞在しながら一字型眉タトゥーを入れているという。

彼らは中国を通して入ってきた韓国製のタトゥー道具を使い、1日平均3000人民元の収益をあげている。

北朝鮮で最近流行の一字型眉タトゥーは従来の細長い眉のタトゥーと違い、少し太めでナチュラルに描く。色も黒色より茶色を使い、眉の端を若干下の方向に描く。一字型眉タトゥーは1人当たり100人民元であり、従来の眉のタトゥーの除去は150人民元だ。

米1キロの価格に匹敵するお金を支払ってでも一字型眉にしようとする女性が日々増えている。

北朝鮮の女性たちが一字型眉を好み始めたのは韓流ドラマの影響があるという。ドラマの中の韓国人女性の自然な眉は美しさを追い求める北朝鮮の女性たちの心を一度に捉えた。

強いイメージの黒色よりナチュラルな雰囲気を作る茶色の眉が多くの女性の好感を呼んでいる。北朝鮮政権は茶髪を資本主義の象徴としてみなし、厳重に取り締まっている。茶色に髪を染めるのは許されないため、女性はみな黒髪だ。

しかし茶色の眉は違う。市場では茶色のアイブロウペンシルが販売されている。茶色で眉のタトゥーを入れても法的処罰を受けることはほとんどない。そこで北朝鮮の女性たちは茶色の眉により執着するという。

北朝鮮では髪の色を韓国のように茶色で染めると人民保安員（警察）に摘発され、法的処罰を受けることも避けられない。しかし「やってはいけないということをもっとやりたい」というのが人の心理の常だ。

最近、北朝鮮では髪の内側を染めた「内外へアスタイル」が流行っている。女性たちは昼間には外側の黒色の髪で生活し、夕方から内側の茶色部分の髪をひっくり返して外側に流す。このようにすると人民保安員に摘発されないし、自分の趣向で髪の色を変えられる。

北朝鮮政権は「個性」を認めない。髪の色も監視しなければならない個性に入る。

「一つは全体のために、全体は一つのために」

と叫ぶ北朝鮮で個人の固有な特徴は集団主義の障害になる。しかし金日成時代から始まって58年間、受け継がれたこの古い掛け声が最近だんだん壊れ始めている。

最近、脱北した北朝鮮の女性たちは、その代表的な事例が髪の色だと話す。

「全体は全体で、一つは一つである」という認識も強まっているという。そのため自分たちのおしゃれを求める人も増えているようだ。

「韓流ドラマの影響で濃いナチュラルな茶色から明るい茶色に染める事例が増えている。もちろん内外へアスタイルに限る。北朝鮮の女性が堂々と自分を表現する色で染められる日が来るように待ち望んでいることは、統一がそれほど遠い話ではないことを意味しているかもしれない。髪の色を変えるだけのヘアカラーが、北朝鮮では大きな変化を表している」

と他の脱北者の女性が証言した。

1999年頃になると北朝鮮の市民に韓国のさまざまな様子が知れ渡るようになった。きっかけになったのは300万人の餓死者が出たという「苦難の行軍」後、配給制度が形骸化して国がコントロールしていた国営商店が機能しなくなり、野外市場のチャンマダンと呼ばれる闇市で何でも売買されることになったことだ。

そのタイミングで秘密裏に中国経由で入った韓国ドラマのCDやUSBが流通するようになり、人々は韓国語のアクセント、韓国のヘアスタイルに憧れを抱いた。

脱北者の女性に話を聞いてみた。北朝鮮ではヘアカラーは禁止だが、パーマは許可されている。町ごとにパーマをかけることができる人がいて、その人の自宅でパーマをかけてもらえるという。

化粧は薄化粧までＯＫ。ミニスカート、短パン、ジーンズ、体のラインが出るタイトなパンツ、胸のラインが見える服は禁止。ネイルアートやピアスも禁止。指輪に関しては結婚の意味もあるのでつけている人がいるという。

北朝鮮の女性たちの欲望という火種に韓流ドラマという大衆文化がマッチとなって火をつけることによって、いずれ男性中心の権力統治の巨木を根こそぎ燃やせる日が来るのではないだろうか。

韓国政府と市民に厳しい注文

北朝鮮の住民に必要なのは「米」ではなく「人権」です。10人、１００人が死ぬなら「米」のせいですが、３００万人が死んだのは「飢餓」が理由ではありません。北朝鮮の住民が死んだのは「米」ではなく「人権」がなかったから死んだのです。

北朝鮮の住民たちの人権が蹂躙されている事実を彼ら自身が知って憤慨できるよう、彼らが外部情報に接することができるようにするのが重要です。そういう意味ではビラを入れた風船一つがミサイル一本に相当します。

一方、韓国市民にとって人権のレベルは「考えのレベル」に向かわなくてはいけません。他人の立場をどうすれば理解できるのか、真剣に考えてほしいのですが、今の韓国人の多くはまったく考えていません。

北朝鮮の多くの住民が飢餓で死んだという事実、その現実を作った金正日政権について憤りを感じていないのが今の韓国の国民です。それは韓国の人権のレベルの低さを証明していると言っても過言ではないでしょう。

北朝鮮が核とミサイルで威嚇してきても韓国政府は後ろ向きになってはなりません。北朝鮮では今の金正恩朝鮮労働党委員長よりもっと偉大とされているのは「亡くなった金日成首領」です。「金氏宗教国家」体制を相手に外交や交流をしようとしたら、利用されます。

韓国では政権が代わるたびに対北朝鮮政策が変わりますが、一貫性が必要です。厳しく対処しなければなりません。

もう一つ気を付けなくてはいけないことは、実際の北朝鮮と韓国から見た北朝鮮は違うということです。韓国における北朝鮮のイメージは、韓国の北朝鮮学界が外からの視点で見た歪曲された姿です。

韓国の北朝鮮学界は北朝鮮をあるがままに見ようとしていません。政治的な利害関係を優先しているからです。

脱北者が韓国に定着して成功することが必要です。そうでないと統一したとしても成功することはできません。目に見える統一だけを考える「物理的統一」でなく、目に見えない「情緒的統一」

をどうやってするのかが重要です。

統一の日に向けて韓国の人々は、脱北者3万人を通じてさまざまな「統一のための訓練」をしなければなりません。

韓国には脱北者に関して解決しなければならない問題がたくさん残っています。その一つとして、韓国での脱北者は一種の難民扱いをされ、差別を受けています。

韓国以外の外国に行くと脱北者を難民ではなく「政治的亡命者」として尊重してくれます。人文学分野で世界最高のオランダのライデン大学は、私を教授として招聘してくれました。ライデン大学はオランダでは最も古い大学で16人のノーベル賞受賞者が学生または教授として所属しているところとして知られています。

韓国ではどうでしょうか。韓国の大学には北朝鮮を研究する「北朝鮮学科」がありますが、脱北者を一人も教授として起用していません。その分野の本当の専門家を採用しないわけです。情緒的統一が前提にならないと、統一に至ってもまた新たな分裂をもたらします。その結果、統一のための費用が浪費され、それらはすべて韓国にとっての負担になるのです。

自由民主主義を体験した脱北者たちが南北の橋渡しの役割を果たせるように、韓国の一般の人々からの偏見のない温かい関心と支援が必要です。

脱北者側にも問題がないわけではありません。定着に成功した脱北者と苦しんでいる脱北者の差が何かといえば「対人関係」です。この4つの文字の中には信頼、礼儀、生きていく術や戦略も入っています。

これは人間として総合的に必要なものですが、北から来た人々が習得するのはたいへん難しいのです。

なぜならば北朝鮮では対人関係に対するトレーニングを人々は受けていないからです。「忠誠」と「命令」という縦の関係が強要され、「対人」という横の関係を経験したことがないのです。

でも脱北者の中でも、韓国社会における対人関係を学び、自ら変化に耐えた人は必ず定着に成功します。

筆の力で北朝鮮の真実を暴露

私は韓国でインターネット新聞「NEW FOCUS」の代表として日々、北朝鮮の内部情報を世界に向けて発信しています。広告はほとんど掲載せず個人の方から後援金をいただいて会社の経営をしています。

世界に向けて情報を発信したいので、今は英語の記事も掲載しています。また「NEW FOCUS」の代表を務める傍ら創作活動も続けています。

大学の教授、会社の代表、作家という三つの仕事をしていますが、その中で作家という肩書きには最もプライドを持っています。

文化の役割が北朝鮮に対する政治的・外交的な圧力以上に重要だと思っているからです。北朝鮮の深刻な人権抑圧の実情を全世界に知らせるため、本や映像のようなコンテンツが最も効果があると思っています。


2013年6月には「NEW FOCUS」の記事を問題視した北朝鮮の保衛省が私を名指しで「韓国社会から抹殺する」という特別談話文を発表しました。

「金正恩が自分の誕生日である2013年1月8日に労働党中央委員会部長クラスの幹部にヒトラーの著書『わが闘争』の朝鮮語訳を百部図書として発行して配った」

というニュースを「NEW FOCUS」が報道し、国際的スクープになったためです。

今日、私にとっての平和とは金正恩政権との戦いに勝つことを意味しています。そうでなければ私が今、韓国で享受している自由は、究極的には酷い利己主義に過ぎません。私は人生がこれほど豊かになるということを、この自由世界で知りました。

だから北朝鮮の人々にも同じ自由と豊かさの中で暮らせるようになってほしいのです。北朝鮮の住民が解放されるまで私の筆は止まらないでしょう。北朝鮮の政権に「核」があるなら、私には「真実の武器」があります。

自由の国である韓国で、チャン氏には個人としての幸せも訪れた。韓国で失業者になったときにチャン氏の夢を真剣に受け止めてくれて、「NEW FOCUS」の設立資金を出してくれた生粋のソウルガールと結婚したのだ。

3年前に男の子が生まれて幸せいっぱいのチャン氏である。チャン氏の夢である祖国の統一はまだ実現していないが、平壌とソウルのカップルの間で統一の子供が生まれたことは実に喜ばしい。

現在のチャン氏の暮らしぶりが「敬愛なる指導者へ」（チョ・ガプチェ・ドットコム）でユーモラスに紹介されている。

そのいわば「統一の家」でチャン氏が皿洗いをするときに彼女は、

「旦那様！　自由民主主義の社会に定着しようと一生懸命、努力していますね。もう少し努力するともっと成功しますよ」

と言う。

チャン氏は濡れた両手を高く上げて涙顔になって答える。

「私は奴隷の運命を背負って生まれたのかもしれない。北朝鮮では金正日独裁に苦しめられ、韓国では恐妻の独裁に縛られて生きているから……」

インタビュー後、チャン氏は脱北社長の研究をしている私のために何人かの脱北社長を紹介し、協力してくれた。

チャン氏は命をかけて真実を追求する鋭い知性と温かいまなざしで人に接する豊かな人間性、両方を備えた本物のジャーナリストだった。

インタビュー

脱北者「NEW FOCUS」記者のパク・ジュヒ

申：今まで書いた記事の中で読者から最も反応があった記事を教えてください。

パク：私の故郷、両江道《リャンガンド》のカエル取りの記事ですね。韓国や世界の多くの人は梅雨の間、外に出かけるのを避けますが、北朝鮮では梅雨を楽しみに待っている人が大勢います。

特に両江道で暮らしている人々はそうです。両江道は中国との国境をなす鴨緑江《アムノッカン》と豆満江《トゥマンガン》の両大河の源で「二つの河」が「両江」の名前の由来です。

そこには朝鮮半島で最も高い山、白頭山《ペクトゥサン》があります。

2000年の初めから中国人がカエルを高く買い取り始めました。そのため両江道の人たちはカエルを取って売るようになりました。大きなカエル一匹の値段は、なんと米2キロに相当します。

中国人のバイヤーはカエルのお腹に入っている油を滋養強壮剤として売るそうです。最近ではパイロットの栄養補充食としても脚光を浴びています。干したカエルは揚げものやスープに入れる高級食材として高く売れます。

両江道の人たちが、どのようにしてカエルを取るのか説明しましょう。まず梅雨などで雨がたくさん降ると山の奥にいたカエルが水の勢いとともに川沿いに降りてきます。人が来るとカエルは石の下などに隠れます。

そこで父親が重い石を持ち上げるとカエルは跳ねて逃げようとします。それを子供が魚取り網で捕まえます。

農家の夜は、ほとんど明かりがついていません。夕飯を食べて寝るだけなので明かりをつける油がもったいないからです。そういう地域でも雨が降ると中国から入ってきた安い懐中電灯を持って家族総出で川沿いに出ます。

たぶんカエルの数より人間の数の方が多いのではないでしょうか。その様子を高いところから見下ろすと、明かりの列が川沿いにはるか遠いところまでしっぽのように続いています。雨の降る夜だけに見られる光景はとてもユニークです。

申：「NEW FOCUS」の記事内容の元となる情報はどのように入手するのでしょうか。

パク：二つのルートがあります。一つ目のルートは国境の近くに住んでいる北朝鮮の人に中国の携帯電話を渡す方法です。受け取った人が約束の時間に山へ上がって電話しますが、電波状況が悪いため、5分を超えて話すのが難しいのが現状です。

しかし今、北朝鮮で何が起きているのか生の情報を直接入手できるよい手段です。もう一つのルートは脱北者たちの集まりに行くか、最近、脱北してきた人といっしょに食事しながら北朝鮮の情報を聞くことですが、韓国に来たばかりの脱北者たちはインタビューを怖がる人が多いので説得するのに時間がかかります。

「韓国の人々に北朝鮮の実情を知らせないと彼らは何にもわからないし、我々のことについて理解できないから」

と説明するとやっと話してくれます。

申：チャン代表の経営理念である「パリパリではなくゆっくりゆっくり」をどのように実践していますか。

パク：いつもチャン代表は「速報で人々の関心を引こうとしてはいけない。検証した事実だけを書きなさい。ストーリーを展開しなさい。そうすることによって記事が冷たくならず、人々はもっと好感を持ち、共感するようになる」と強調しています。
私はこれを肝に銘じて、刺激的な記事を書くことよりも小説のように筋書きを考え、ゆっくり丁寧に書くように努力しています。

申：金正恩時代に入って北朝鮮の住民たちの日常生活の中で大きな変化は感じられますか。

パク：大きな変化は二つあります。まず脱北者の家族の扱いです。昔は家族の誰かが韓国へ渡ったり、国連や国際会議などで北朝鮮の悪口を言ったりする人がいれば、その家族は強制収容所に送られるなど制裁が厳しかった。

ところが今は脱北者の数が多くなったので、すべてを統制することが難しくなったようです。もちろん私の家族も安全に暮らしています。

もう一つは北朝鮮に中国を経由して韓国商品がたくさん入ってくるようになって、北朝鮮の国民の韓国に対する好感度が非常に高くなりました。庶民の間でも結婚式の嫁入り道具として韓国化粧品がたいへん人気です。

韓国の有名ブランドの中国産の偽物がありますが、人々はバーコードでどちらが韓国製か識別できるほどです。以前は元山《ウォンサン》市から密輸入されていた日本の商品も人気がありましたが、今は韓国商品の方が人気です。

多くの人が韓国のドラマを見るようになって、北朝鮮の宣伝が嘘だということに気付き始めました。ドラマで見る韓国の人々は裕福であり、北朝鮮の悪口を言いません。

さらに中国から入ってきた韓国の品物の品質が優れているので、庶民の間には「金正恩政権の言うことは嘘かもしれない」という空気が蔓延しています。特に中国との国境周辺には真実の韓国を知っている人が多いようです。

また「こんなに性能が優れている商品を作る韓国人は頭がいいはずだ。我々は金正恩に騙されている」と思う人もいます。韓国商品やドラマに触れて、同じ民族として誇りに思う人が増えました。

申：インターネット上で北朝鮮について報道するニュースサイトの記者として最もたいへんなこと、また最も達成感を味わうときはいつですか。

パク：たいへんなことは北朝鮮と韓国の言葉が違うことです。韓国では外来語をたくさん使いますが、北朝鮮では純粋な朝鮮語しか使いません。たとえば「ストレス」は北朝鮮の言葉では「心配、憂い」です。そのまま書くと間違った解釈が起こりかねません。

そのため私は取材した人々が使っている言葉をそのまま書きません。証言する人は北朝鮮の人ですが、ニュースを読む人は韓国人ですので必ず括弧を入れて意味が通じるように説明します。

私はここで記者として働き始めて3年目になりますが、韓国人の記者が5分で書く記事を私は3時間かけて書きます。最初はたいへんでしたが、今は慣れたのでこの仕事をずっと続けていくつもりです。

「NEW FOCUS」は北朝鮮のニュースを他のサイトや新聞などより早く入手するため、「NEW FOCUS」が記事にすると韓国の大手新聞が引用して掲載します。特に政治ニュースの場合、その傾向が強いです。

私が書いた文章を大手の新聞社が引用したり、また海外のマスコミが引用したりすると、とても達成感を覚えます。そのときはチャン代表からも褒められます。私にとっても、さらにいいニュースを伝えなければならないというプライドにつながります。

申：脱北者が最も欲しがる情報やニュースはどんなものですか。

パク：脱北者たちは統一したとき、真っ先に家族に会いに行くでしょう。そのため北朝鮮が崩壊する兆しがあるのかどうかの動きに最も敏感です。また北朝鮮に置いてきた親や兄弟姉妹に申し訳ないという感情を、みんなが持っています。

そういう意味で北朝鮮の情勢や変化に対するニュースを知りたがります。

申：脱北者が韓国でより定着できるようにするために韓国の人はどのような努力をするべきですか。

パク：70年間分断されているのでお互いの文化についてわからないことが多いのは当然です。我々は外国人であり、滞在者です。外国人滞在者は住む国の内部事情には詳しくありません。慣れるまでどうしても時間が必要です。

独裁体制で首領だけを崇拝していれば生活できた人々が、いきなり資本主義の韓国のシステムに慣れられるわけがありません。その点について韓国人にはもう少し理解してほしいと思います。

韓国の人が職場でも隣近所でも、いろいろなルールについていちいち脱北者に教えるのはたいへんでしょうが、適応するまでは近寄って助けてほしいと思います。

また脱北者は韓国のことを知らないからという理由で韓国人より低く見られるケースがありますが、「脱北者からも習う点がある」という気持ちで接してほしいです。実際ほとんどの脱北者の女性は、いつも家を清潔に保っています。

お金を無駄遣いする人はほとんどいませんし、生活力も非常に高いです。私の場合、ベッドの下に引き出しがついているものを購入して整理整頓しているのでタンスなどの収納家具は必要ありません。

もちろん脱北者も韓国政府に感謝しなければなりません。脱北者の多くは最初、韓国に行くと誰でもたくさんの部屋がある大きなマンションと自家用車をもらえると思い込んでいます。しかしそれはただの勘違いです。

韓国政府は北朝鮮以外の外国人には何にも提供してくれませんが、脱北者には賃貸アパートを提供してくれ、就職斡旋をするなど手厚く支援してくれます。

最低限の暮らしを保証してくれる韓国政府に感謝しながら、競争の激しい韓国の社会で生き残るために日々努力しなければならないことを肝に銘じて生きていかなければなりません。

申：あなたの脱北までのいきさつを教えてください。

パク：2012年までは先ほどお話ししたカエル取りで有名な北朝鮮の両江道で暮らしていました。結婚前は地方放送局のアナウンサーをしていましたが、結婚後は家庭に入り、家事と子育てをしていました。

脱北する4年前からは中国側からの密輸入の仕事をしながら子育てをしていました。脱北の一番の動機は「お米のストッカーにお米がたくさん入っていて、いつでも子供にお腹いっぱい食べさせられる環境に憧れた」からです。

子供といっしょに中国とラオス、タイを経て韓国に入りました。同じ境遇で脱北した仲間が、ほんの少し違う経路を選択したことで北朝鮮に送還されてしまいました。私は運も味方してくれて韓国まで辿り着くことができました。

これからも子供と二人で一生懸命生きていくつもりです。

3坪で始めた自立

チョン・ヘヨン

韓国に来てたった2年ですでに洋服リフォームチェーン店を5つ経営している女性。これは最も短時間で成功した脱北者の例で、脱北女性たちの間では自立のロールモデルとして熱い支持を集めている。

2回目のインタビューでお会いしたとき、韓国で頼れる人がいないので、私に「お姉様のような存在になってほしい」と言われた。握手しながら「お姉様になってあげる」とその場で即答した。女としての残りの人生、幸せになってほしいと切実に願いながら——。

子供と別れる日

14歳の娘と9歳の息子を残して韓国に行くという辛い決断を下した夜は涙が止まりませんでした。別れを察して子供たちはなかなか私の手を放そうとしません。

私の住んでいた町の周辺には北朝鮮の女性と中国人の男性が結婚し、子供たちが生まれた後、女性だけ単身で韓国に亡命したケースがたくさんあります。

しかし中国人の男性は子供たちを手放そうとしないので、母親と離れて父親と中国で暮らす子供たちがたくさんいます。

私の子供たちは父親が病気で亡くなったので、そのケースには当てはまりませんが、もし母親が韓国へ行き韓国の男性と再婚することになったら自分たちは置いていかれると考えていたようです。

「お母様は私たちを捨てるのではないでしょうか？」

「私はあなたたちを捨てて生きられません。必ずあなたたちと韓国で暮らすために戻ってきます」

別れのときは一晩中、泣き続けました。


しかし現実は甘くなく、無事に韓国に亡命できても1年間は海外に出られません。以前は韓国政府が運営する脱北者の教育機関であるハナウォンで3か月間の教育期間が終わると親戚訪問のために中国を訪れる人がいましたが、中国公安に捕まえられて北朝鮮に送還されるケースが多かったようで、最低1年間は海外へ出ることを禁止したようです。ブローカーを通じてその情報を得ていたので子供たちに、

「1年間だけ、何とか待ってほしい」

と言い残して別れました。

子供たちは母親がどんなルートで韓国に行こうとしているのか知りません。ラオス国境で捕まって北朝鮮に送還されるかもしれない可能性や、メコン川を渡るたいへんさなどを子供たちにはいっさい話しませんでした。

子供たちは母親が自分たちを捨てて未知の国へ行き、二度と戻らないかもしれないという不安に駆られていたので、私の状況を話しても仕方がないと思ったからです。葛藤はありましたが、韓国に行くこと以外、選択肢はありませんでした。

2008年に中国人の夫が骨髄ガンで亡くなりました。

村にいた中国人と結婚した北朝鮮の女性たちの中で韓国へ亡命する人が増えていたため、夫は「自分が死んだら子供たちといっしょに韓国に行くのではないか」と感じていたのかもしれません。死ぬ直前に遺言を残しました。

「親の面倒を見てくれ」

私が頷いてから彼は目を閉じました。

主人が亡くなって認知症の姑の面倒を見ましたが、翌年に亡くなりました。それから数年間、一生懸命、働きながら舅の面倒を見ました。

韓国入りを先に果たした知人たちから連絡があり「韓国に来て明るい世界で暮らしたらどう?」と勧められる。そのときからブローカーに渡すお金を貯め始め、亡命を心の中で計画したのです。

子供と3人で亡命する計画を立てるのは、とても危険です。必ず成功する確信もない上、ブローカーに渡すお金も3倍になる。また韓国は未知の国のため、私が先に行って生活基盤を固めてから子供たちを呼び寄せたかったのです。

まず私が韓国に行って仕事に就き、お金を貯めてから二人を連れてくるのが最善策と考えました。

このような危険を冒してでも中国を離れたい理由がありました。

夫が死んでから無国籍のままだったからです。そのままずっと中国で暮らすことは、とても耐えられませんでした。

万一、誰かが中国公安に密告したら北朝鮮に送還されます。強制収容所に送られたら生きて出られるかわかりません。子供たちも無国籍のままです。

将来やりたい勉強や仕事にも就けないことを考えると、韓国へ行く道しかありませんでした。家族のためにも韓国へ行ってきちんとした身分を得て新しい生活をしたかったのです。

あっという間に狂い始めた人生

私の故郷は港湾都市の清津《チョンジン》です。かつて小さな漁村でしたが、日本が大きな工業港に変えて、日本の敗戦後、北朝鮮が大規模な工業都市として再建しました。

私は運よく日本統治時代に建設された金策《キムチェク》製鉄所（旧・日本製鐵清津製鉄所）に勤めることができました。北朝鮮では大企業で名前が知られていたので、皆が羨む職場でした。

最初は製鉄所の指令室の職員として働きました。私が指示すると機械が回り、7つの工程が流れるのです。旧ソ連の機械で、電気を入れて、鉄板が出る前に水鉄砲を発射させます。

座ったまま拡声器で工場の人々に指示する。事故が起きるとすぐ点検し、火災が起きないようにいつも気を配ります。また勤務を離脱している人がいるかどうかも確認する。そこで10年間働き、仕事にもだいぶ慣れました。

しかし1990年代に入り食料の配給が減り始めました。97年からは給料が完全に出なくなり、電気も供給されなくなります。

それでも人々はしばらく同じ時間に出勤し、ずっと席に座っていました。他の会社に就職することを個人で勝手に決められなかったし、それが可能だとしても同じ状況でした。

とうとう配給制度がなくなり、ご飯を食べられない日が続く。いよいよ工場の操業が停止になりました。


その頃、同じ職場の同僚と付き合っていて結婚の話がありました。私の母親が小規模な闇市で商売をしていたため、少しお金に余裕があることを彼が知ったのです。

結婚話が出たとき、結納の席で、

「布団をたくさん用意してきてほしい」

など、どんどん要求するものが増えていきます。

「この人と結婚するのはおかしい」と思い始め、結局、破談になりました。私の人生の中で味わった、ちょっとほろ苦い恋愛経験です。

1999年になると北朝鮮の経済状況がもっと悪化し、仕事もなくなります。途方に暮れていたら知人から「中国に行くとお金をたくさん儲けられるらしい」と言われたので、すぐ中国のブローカーを通して茂山《ムサン》を経由して脱北したのです。

この頃は今のように警備が厳しくなく簡単に国境を越えることができました。北朝鮮と国境を接する東北三省（遼寧《りょうねい》省、吉林《きつりん》省、黒竜江《こくりゅうこう》省）にはすでに多くの朝鮮族が暮らしていて、国境の警備がもともと緩かったのです。

しかし中国へ行った北朝鮮の女性たちは、ほとんどが人身売買で売られました。私も中国に着いた日にブローカーに売られ、何の説明もないままに北朝鮮からなるべく遠いところへ連れて行かれました。結局、山東省まで汽車で2日かけて行ったのです。


嫁ぎ先は田舎で、年上の夫は体が弱く、とても貧しい家でした。他人の梨畑の隅にテントのようなものを張って夫の両親と夫が暮らしている。逃げたかったのですが、逃げてもどこへ行けばいいのかわからないのでそのまま住みました。

言葉も通じない上、主人と気が合わなくていつもケンカが絶えません。それでも何とか生きるために一生懸命、朝から晩まで畑仕事をしました。

子供が生まれてから食事のたびにおかずを3種類、用意する。夫の両親と夫用の脂っこいおかず、子供のための甘いおかず、私のための辛い北朝鮮の味付けのおかず。

贅沢にも思えますが、同じ材料を使って味付けを変えて用意しました。さっぱり味のおかずが好きな私の舌には、中国の田舎料理はどうしても合わなかったのです。

約10年間、朝から晩まで仕事をしました。農業をやっている人の家の仕事を手伝いながら豚や鶏も飼いました。特にヒヨコを飼って親鶏になるまで育てることには自信がありました。鶏が病気でよろめくと大きなハサミでお腹を割ってすべて自分で確認しました。肝臓が張っているか、胃袋に問題があるのか、熱があるのか、それを観察してそこに合う薬を投与しなければなりません。適切な診断が大事です。何しろ病気にかかっている夫の代わりに夫の両親と子供二人の家族6人の生計を担っていたからです。

2000年頃、韓国から服を作る工場、靴を作る工場、人形を作る工場などがたくさん中国に進出してきました。私も人形を作る工場に運よく入ることができ、初めてミシンの使い方を習い、人形を毎日作りました。

熟練工になってからは同じぬいぐるみの人形を1日何千個も作る。どこでそんなに売られているのか見当がつかないほど、本当に作っても作ってもキリがありません。

2009年に主人が骨髄ガンで亡くなり、韓国に行く決意が固まりました。しかし「親の面倒を見てくれ」と遺言があったので、いったん断念したんです。その頃、夫の兄から紹介されて水を売る商売を始めることになり、お金を貯めることができました。

韓国のようなミネラルウォーターの販売とは違い、梨の畑にあるまったく汚染されていない井戸の水を村の人々に売るのです。大きな水筒を持って井戸で汲んだ水を入れて販売しました。子供たちが手伝ってくれたので村の人々は同情してよく水を買いに来てくれ、お金を貯めることができました。

舅の面倒を見ながらこのような生活を送っていましたが、先に韓国入りを果たした知人から「国籍がないまま中国で暮らすより早く韓国に来て住民登録証をもらって人間らしく生きなさい」と勧められたこともあり、韓国に行くことを決心をしました。


ブローカーは国境地帯に多く住んでいる中国朝鮮族が多い。朝鮮族でありながら中国国籍を持つ住民のことである。主に中国東北三省（遼寧省、吉林省、黒龍江省）に住んでいる。この地域は中国の東北側外縁にあり、歴史的に満州と呼ばれていた。

朝鮮族が暮らし始めたのは１８６０年代からと言われている。２００７年の時点で２７６万人。中国政府は少数民族政策によって朝鮮族の民族自治権を認めて、延辺《えんぺん》朝鮮族自治州の地位を付与した。ここは北朝鮮との国境付近で北朝鮮と地理的に近い。

「苦難の行軍」と言われる大飢饉が起きた１９９０年代から国境を越えて中国に逃れる北朝鮮の人たちが急増したとき、脱北者は中国朝鮮族が多く住んでいる延辺朝鮮族自治州に隠れて住んだ。

同じ朝鮮族ということから中国朝鮮族が脱北者をかくまって援助していたが、だんだん数が増えるにつれ、脱北を商売にするブローカーが増えた。そのほとんどが朝鮮族だ。

一部、北朝鮮人のブローカーもいる。先に脱北して韓国入りを果たし、韓国のパスポートを持って中国で脱北者を手助けする人もいる。

ラオスで捕まえられる

2014年夏頃、近くに住んでいた義理の姉に頼んで88歳の舅と子供たちを残して中国から脱出しました。ブローカーに300万ウォン（約30万円）を渡し、ラオスとの国境を越え、メコン川を渡ってタイに入り、韓国大使館を目指すルートです。

しかし、中国から脱出し、ラオスの山中で真夜中の12時頃、突然、軍隊が私たちの周りを囲んだのです。彼らが構えていた銃を見た瞬間、

「もう終わりだ」

と思いました。座り込んだらブローカーが韓国語で、

「絶対、北朝鮮の人だと言うな、韓国人の真似をしろ！」

とささやく。私たちは手を挙げて、

「コレア、コレア！」

と叫ぶ。

しばらく待っている間にブローカーがラオス語で軍人と交渉し、私たちが持っているお金を全部、

回収し、軍人たちに渡しました。

その後、ブローカーから聞いた通訳の内容は、

「あなたたちは今から中国人だ！　生かしてあげるからさっさと中国に帰りなさい」

でした。

命の対価としてお金を渡したので、今まで渡ってきた川を再び渡って中国に戻るしかありません。命は助かりましたが、中国へ戻るラオスの山奥で韓国行きを決めたことを本当に後悔していました。

中国に戻ってからもう一度新しいブローカーと車を手配して、あの恐ろしかったラオスの国境を1か月かけて渡りました。ブローカーに命を預けているので命令は絶対服従です。昼間は山の中で隠れて、夜になるとブローカーの道案内に従ってひたすら歩く。

ご飯はおにぎりのようなもので1日1食。一行の6人の中で妊娠した女性がいたのですが、栄養失調でずっと吐いていました。皆、お腹が空いている状態だったので同情はしますが、助ける方法はありません。

ラオスとタイの国境にメコン川が流れています。夜明けに6人で小さい船に乗りました。あまりにも幅が狭い船なので少しでも動いてバランスを崩すとワニがたくさんいる川に落ちそうになります。私は恐怖のあまり目をつぶって耐えました。

15分ぐらいで渡れるのですが、1時間くらいかかったように感じました。川岸に船が着いて同行

人が肩を叩いてくれるまで目を開けられませんでした。

やっとの思いでタイ入りを果たし、韓国大使館で調査を受けるために滞在しました。これからは不安に駆られることもないと思ったら、中国に置いてきた子供たちが毎晩、夢に現れたので本当に苦しかったです。

中国で子供たちといっしょに暮らしていればよかったのに、なんで私はこんなにたいへんな選択をしたのかと。

1か月後、無事に韓国の仁川《インチョン》空港に着いたとき、迎えに来た韓国の国家情報院（国家安全保障に関する情報・保安及び犯罪捜査に関する仕事を担当する大統領直属の国家情報機関。以下、国情院）の人々の親切な態度に驚きました。

北朝鮮にいたときは、韓国の人々はアメリカの資本主義によって搾取されて民衆はたいへん貧乏で苦しんでいると聞かされていましたが、国情院の人々からは、そのような印象は受けなかったのです。

背が高く、ハンサムで、しゃべっているソウルの言葉はとても優しく感じました。彼らは私たちを「先生」と呼んでくれる。夜中に着いたのですが、明かりがまぶしく何もかもきれいでした。

「本当によいところに来た。こんな明るい世界があるんだ」

韓国に来たという実感が湧いて大泣きしました。

タイルート（中国からラオス、タイを経由して韓国に渡るルート）は脱北者の間で一番早く韓国に辿り着く急行船と呼ばれるほど人気がある。中国とラオスの国境を越えてまた船に乗り、メコン河を進めばタイの国境地域に到着する。

その後、バスなどを利用して移民局の収容所があるバンコクに行けばよい。しかし、このルートにも危険が潜んでいる。中国とラオスの国境地域まで到着するためには何回も検問所を避けなければならず、ラオスの国境付近でも中国公安に逮捕される危険がある。

したがって脱北者たちは夜の闇にまぎれて徒歩と車で移動する。また、タイに行くためにメコン河を渡るには小さな船に乗らなければならないが、ここでも武装したラオス国境守備隊の検問がある。

タイ政府による脱北者政策は、脱北者を不法入国者として処理しつつ、人道的立場から強制送還はせずに追放手続きをとり、韓国入りを助けるというものだった。

国民日報（2016年1月27日）の記事によると毎年2000人くらいの脱北者が中国からラオス、タイへ入国するという。

一時期、中国からモンゴルを経由して韓国入りするのが流行ったが、2007年以降モンゴル地域の警備が厳しくなり、脱北者の9割がこのルートを利用する。

洋服リフォームの技術

北朝鮮では幼い頃に韓国の資本主義を非難する教育を受けます。北朝鮮だけが社会主義の理想国家であり韓国の一般市民は事業主からお金と労働を搾取されて悲惨な生活をしていると習いました。北朝鮮は国民を海外のメディアや報道に触れさせず、ラジオの電波も妨害、インターネットもない国です。本やテレビも金王朝が世界で一番すばらしい指導者だということばかり宣伝します。韓国に着いて驚いたのは、韓国政府が北朝鮮の人々を自国民として扱うことでした。住民登録証が発行されたとき、心臓が震えるほど感激しました——。

中国ではまともな家もなく、いつも生活が苦しかったのですが、韓国に来たら政府が賃貸住宅を与えてくれました。この賃貸住宅は韓国人の間でもたいへん人気があり、抽選を待つようです。しかし私たち脱北者には優先的に割り当ててくれる。

さらに初期定着金として400万ウォン（約40万円）をもらい、3か月の間に300万ウォンを分割してもらいました。その上、6か月間、生活保護費として48万ウォンがもらえる。

命懸けで韓国に来たのですが、自国民でもない私たちに韓国政府がこんなに手厚く支援してくれることを知って、努力しなければ罰が当たると思いました。何よりも、中国に残している子供たちのことを考えると一日も早く自立したいと思ったのです。

ハナウォンでは「何をしたら生活の糧を得られるんだろうか」と悩みました。これは脱北者なら誰でも持つ共通の悩みです。

最初は中国で養鶏をやった経験を生かして「田舎に行って養鶏をやりたい」と職員に相談しました。私の過去の仕事の経験を聞いた職員は、

「裁縫の技術があれば、洋服のリフォームの方が仕事を見つける早道になる」

とアドバイスをくれました。

言われた通り早速、南北ハナ財団が運営する「洋服リフォーム課程」に登録してリフォームと裁縫技術を半年間学習。午後1時ぐらいに勉強や実習が終わりますが、その後も夜遅くまで一人で残って練習しました。

私が一人だけ残って練習しているのを見た職員たちが、非常に真面目に取り組んでいると評価し、半年間の課程の後、ソウル駅の中にあるロッテマートのリフォーム店に就職できるように斡旋してくれました。

就職して店主から給料をもらう立場になったため、毎日、最善を尽くして仕事しました。

脱北者が韓国に入国すると最初に「国情院」「警察庁」などの関係機関から合同調査が行われる。調査終了後、社会適応教育施設である韓国統一部傘下の「ハナウォン」に移動する。「ハナウォン」での社会適応教育は12週、392時間行われる。

教育は韓国社会に対する理解を深めるための講義が中心だ。定着に必要な基本教育、テーマ別講義教育および現場教育が行われる。

2018年1月2日に放映されたTV朝鮮の「モランボンクラブ」という番組では、脱北者たちがハナウォンでの体験談を話していた。

施設のなかには病院があり、歯科医院に訪れた脱北者たちがびっくりしたのは、歯石の除去だという。北朝鮮では歯科医療を受けたこともないし、歯石の除去という言葉を聞いたこともなかったという。

また、一日中座って受ける教育プログラムが多く、ほとんどの人が居眠りするなか、唯一、産婦人科の医者が出て性教育する時間だけは全員の目がキラキラするという。北朝鮮では「性」に対してたいへん恥ずかしく思い、道端でキスするだけで逮捕される社会だったからだ。

初めて性教育を受けたある脱北者の女性は、韓国では小学校から性教育が行われるという話を聞いて驚きを隠せなかった。本人はハナウォンにたどり着いた29歳まで避妊法があることすら知らなかったという。

ハナウォンでは毎月お小遣いとして約10万ウォンを支給されるが、売店で買う一番人気が高い品物はスルメらしい。北朝鮮ではおやつとして食べたので故郷に郷愁を感じる人が多いからだ。

極め付けは、ハナウォンで教育を受けている男性が気に入った同期の女性に求愛するためにプレゼントする人気ナンバーワンの商品がやはりスルメだというから驚きだ。

経営者になる

最初は給料をもらいながら自分に与えられた仕事に最善を尽くしていました。場所が良かったため、お客様も多かった。周囲には大使館も多くて日本人、アメリカ人、ロシア人など外国人もよく訪れる。

そのお店はエフシエンエドという会社が大手スーパーのロッテマートと賃貸契約を締結してリフォーム店の運営権を取得した後、募集した加盟店の一つです。

私が従業員として働いている間、店主が運営会社であるエフシエンエドと契約内容について訴訟を起こしました。

加盟店側は本社の管理費やロッテマート側の管理費、付加価値税、法人税を払うと店主夫婦の人件費もまともに残らないと主張し、本社側はロッテマートという大企業と取引するためには管理費が高くても受け入れざるをえないと主張しました。

結局、和解して訴訟は終わりましたが、加盟店側の店主はこれ以上、運営できないと言いました。

そこで私はこの辺りにお客様が多いのはわかっていたので店を経営したくなったのです。子供たちを連れてきて韓国で安定的な生活をするためには自分の店があった方が安心です。

中国で養鶏をし、人形工場で勤め、水を販売する仕事をしながら15年間コツコツと貯めたお金4000万ウォン（400万円）を保証金として店を引き受けることにしました。

私の技術と真面目な人柄をよく知っている知人たちからは「それでも無謀だ」と反対されましたが、自分を信じることにしました。

北朝鮮と違って韓国では、技術を学んで身につければ、人一倍、努力さえすればやっていけるという自信があったのです。

しかし店を引き継いだ最初の2か月は賃料と職員二人の給料を払うと手元に残るお金がありません。さらに私が店主になったことが噂になり、北朝鮮から来たことを知ったお客様が嘲笑する。

「北から来た人が南の服を直せるか」と言われると、

「北で生まれましたが、技術は南で習いましたので任せてください」と答えました。

最初は首をかしげていたお客様でしたが、しっかり直した服を見て満足したのか常連になってくれました。その人はありがたいことに他のお客様を紹介してくれました。数か月後には、お店を引き継いだときと比べて2倍の売り上げを達成することができました。

その頃から韓国のマスコミが「珍しいから」という理由で取材のために店を訪れることが増えました。店を紹介した新聞記事をハサミで切り抜いて持ってくる人も。

「家のすぐ近くにもリフォーム店があるけど、新聞を読んだら脱北した女性がこんなに一生懸命、仕事をしていることを知り、家から遠いのですが、持ってきました」

とパンツの裾上げを3本頼んだ人もいます。あるときはネットで私の記事を読んだ高校生ぐらいの少年が服を持ってきて、

「ネットで記事を読んだから少し割引してください」

と笑顔でねだるときもありました。


赤字だった店舗の売り上げが黒字になり、経営が安定すると運営会社であるエフシエンエドから「他の店舗の管理者になってほしい」という提案がありました。

リフォーム技術が優れている真面目な北朝鮮の女性を採用して一人前になるようにトレーニングしてほしいと頼まれました。収益は会社と私が5対5で分け合う。短い期間でロッテマートのリフォーム店の運営以外に4か所の店舗の管理者になったのです。


ある日、社員募集の広告を見て面接に来た50代の韓国人男性がいました。40年近く他の会社の裁縫の仕事をしてきた技術者ですが、会社の業績が悪化してリストラになったそうです。面接中に私の言葉が北朝鮮語とすぐ気付き、

「俺が北朝鮮出身の管理者から面接を受けるなんて!」

と苦虫を噛み潰したような顔をして言いました。結局、彼の長年の経験を生かせると思い、採用しました。最初は彼も面白くないと思っていたと思いますが、時間が経つにつれて私の技術を認め

てくれました。

現在、管理する店舗は5か所で従業員は全部合わせて12人です。半分が北朝鮮から来た女性たち。私の記事を読んで訪ねてくる北朝鮮の女性が多いです。彼女たちには、

「今は韓国の景気が全般的によくないので、たくさんのお金は稼げない。食堂で働くとお金は稼げるが、肉体的にたいへんきつい。それに比べるとこの仕事は大金持ちにはなれないが、真面目に働くと十分、食べていけるし、何よりも自由に働けるので気が楽です」

と伝えます。技術を身につけることを勧め、努力する人には最大限サポートします。


よく彼女たちは「チョン社長はこんなに短期間で成功しましたが、私たちは韓国に来て8、9年ぐらい経つのに子供を育てるだけで何にもしていません」と羨ましそうな顔をします。

私は「あなたたちは韓国の男性と結婚し、家庭を守っていることだけでも成功です。立派に子育てしていることも成功。仕事はこれから始めればよいのです」と励ますと、とても喜びます。

ここだけの話ですが、韓国人より脱北者の方が仕事を早く覚え、細かい裁縫技術にも優れ、とても真面目な人が多いと思います。会社の本部もそれを知っていて私に店舗運営を任せているのだと思います。

子供との約束

韓国に来て1年が過ぎた頃、子供を連れてくるための行動に出ました。それは想像以上にたいへんでした。私は中国で国籍がなかったため、子供の母親であることが確認できないと、中国の政府から言われました。

だからといって子供たちに私と同じルートで韓国に来ることを勧めたくはありません。ラオスで捕まったときのことを思い出すと恐ろしくなります。

子供たちを連れてくる方法として考えたのは、子供たちの面倒を見る人が中国にいないことを証明することでした。また私が子供たちの産みの親であることを証明しなければなりません。

子供たちの父が死んだという死亡確認書、私と子供たちの遺伝子検査を行い、私の子供であることを証明する。その書類を持って1か月に1度、中国に行って1年かけて当局を説得して、やっと子供たちを韓国に連れてくることができたのです。

子供たちは中国語しかできないので韓国の学校には通えません。さらに、私は朝10時から夜10時まで働くので子供の食事を作れません。そこで、寮もあり、同じ境遇の子供たちがいる脱北者の子供のためのサポート学校に入学させることにしました。

ある休みの日に子供たちが家に来て3人で過ごしていたら長女が私に抗議しました。

「中国では優秀だった成績が韓国語で勉強したら下がった。何で私をここに連れてきたの？」

「中国に戻りたいなら帰りなさい。でもおじいちゃんも亡くなって一人で生きていかなくてはならないけど、それでいいの？」

長女は泣きながら諦めました。子供たちも韓国に来た当初、混乱したと思います。友達もいないし、韓国語での勉強がうまく進まなくて道を塞がれたと思ったのでしょう。

しかし今は大丈夫なようです。1年で小・中の検定に受かり、現在、大学受験に向かって勉強に励んでいます。弟はまだ小学生なので、すぐ韓国語も覚えて元気に学校へ通っています。すっかり韓国の生活に馴染んで、今は二人ともこう言います。

「中国には戻りたくない！」

週末は二人とも帰ってきて学校の話を韓国語でいろいろ話してくれます。びっくりするほど早い期間で言葉が上手になりました。表情がとても明るくなっているので、本当に韓国に来てよかったと思います。


昨年、舅の命日に中国へ行ったとき、村の人々が遠くから私を見て叫びました。

「韓国人の奥さんが帰ってきたぞ！」

彼らには、夫がガンで亡くなってからも認知症の姑の面倒を見てくれた偉い北朝鮮の奥さんということになっています。そんな私が韓国へ渡り、一生懸命、暮らしていることが話題になって昨年、帰郷したときは大歓迎してくれました。

教育問題は脱北者の親たちの最も大きい悩みである。最近は子供の将来のために脱北する人が増えているが、韓国に入国した子供たちは韓国の学校に適応するのが難しいと言われる。韓国と北朝鮮の教育システムの違いから授業についていくのが難しく、また北朝鮮出身だということでイジメにあうかもしれないので出身を隠す子供が多い。韓国では英語や外来語をたくさん使っているので、言葉が通じないことで疎外感を感じることも。

精神的に不安やうつの症状になったり、脱北過程で健康を害している子供も多い。一人親が多く、仕事で子供の面倒を見られない家庭が多い。こういう問題を解決するために脱北者の子供のためのサポート学校が設立された。

教育面では彼らの事情をよく理解できる専門教師がサポートしている。また彼らの事情に合わせてオーダーメイドの教科書があり、多様な体験教育が用意されている。さらに生活保護の面では寮があり、朝食、昼食、夕食も提供され、生活指導も行われる。

過去の傷を治癒するための心理相談などがあり、健康管理と医療支援が行われている。

２０１７年６月末統計で19歳以下の脱北者が４７８２名。政府は脱北者に限り満35歳以前まで大学に入学すると学費を全額支援している。

大学入学時には、外国人特別入試の形式で試験を受けなくても入学できる特権が与えられている。

チョン氏の子供二人もこういうサポート学校の寮で暮らしながら教育を受けているため、子供の面倒を見ることや食事作りなどの心配もなく夜10時まで仕事に没頭できる。

客に愛されること

店の営業時間は朝10時から夜10時まで。食事はロッテマートの中にある食堂でとります。1週間のうち1日だけが休み。幸い子供たちは寮がついているサポート学校に通っているので安心して仕事ができます。

ソウル駅の周辺にはロシア大使館、アメリカ大使館、中国大使館などがあるので外国人がたくさん訪れます。まったく言葉が通じない場合は身ぶり手ぶりでコミュニケーションをとりますが、彼らは韓国駐在が長いのか韓国語が堪能です。

以前の店主と比べて私が売り上げを伸ばした理由は、常連をたくさんつくったことだと思います。まずお客様の要望を真剣に聞いてしっかりリフォームしてあげる。すると、そのお客様がまた訪れてくれるだけでなく他のお客様も紹介してくれます。

この仕事はサービス業です。笑顔でしっかり挨拶してお客様を温かく迎えると何度でも来てくれます。韓国での私の財産は人脈です。どの社会も一人では生きていけません。共同体なのでお互いに助け合うことが大事です。人との付き合いを大事にすればお金は後でついてきます。その点は中国も韓国も同じです。

不思議なことには、お客様が増えると私のことが噂になるようです。どこかで噂を聞いたマスコミが取材に来ます。そのマスコミの記事によってまたお客様が訪れます。そのおかげで売り上げは当初から比べると2倍になりました。

たいへんなこともありました。

ある日、スタッフが3000ウォン（300円ぐらい）でお客様のズボンの裾上げをしました。しかし、そのお客様は自分のズボンと糸の色が合わないと主張し、40万ウォンで買ったものなので弁償してほしいと怒り出す。スタッフはすぐズボンをほどいて同じ色の糸で直しますと提案したのですが、お客様の怒りは収まりません。

私がすぐにお客様のところへ行って謝罪し、ロッテマートの事務所にお客様を案内しました。事務所の職員と3人で話し合い、ズボン代として10万ウォンを支払うことになりました。

また別の日には、お客様が自ら布を用意してきてジャンパーに帽子をつけてほしいと注文しました。1万5000ウォンの仕事です。ところが、スタッフが間違ってジャンパーの裾を伸ばしてしまいました。

お客様に服を見せたら注文と違うのでたいへん立腹し、作り直してほしいと言います。スタッフが服を直しながらお客様にぽろりとこぼしました。

「いい服を着ているんですね」

この言葉にお客様は、

「北朝鮮から来たのなら、しっかり仕事してお金を儲けるべきだ。服の代金を返せ！　そうしないと警察に通報する」

と激怒してしまう。私はすぐにお客様のもとに行き、服の代金として10万ウォンを支払うから許してほしいと頼みました。ところがお客様は、

「突然、怒ったせいで心臓に負担がかかったから日本の『救心』のようなものを1週間分、買ってこい」

と言うので、すぐに買いに行きました。服代が10万ウォン、薬代が6万ウォンで結果的に16万ウォン支払って問題を解決しました。

この一連の騒動を見た脱北者のスタッフの女性は、うんざりしたらしく、

「仕事を辞める！」

と言い出します。私は、

「他の仕事も同じです。もし他の仕事についても同じようにたいへんなことを経験するかもしれません。一連の騒動は教訓になったと思い、ここで仕事を続けなさい」

と慰めました。彼女は今も仕事を続けています。

お客様の注文と仕上がったものが少しでも違えば店舗は責任を取らないといけません。そのようなやり方で続けているので、店舗が入っているロッテマートとの関係も非常によいです。

そのプロセスをすべて見ている脱北者のスタッフたちは、

「チョン社長がいないと私はこの仕事を続けられません」

と言います。脱北者のほとんどは韓国で働いて少しでも仕事がきついと思ったらすぐ会社を辞めるケースが多いのですが、それはよくないと思うのでいつも脱北者にこんな風に話します。

「この仕事を辞めてレストランの皿洗いをしてみたらわかると思います。皿洗いは重労働です。あなたたちは技術を身につけるだけで重労働をしなくてすむのです。感謝の心を持って韓国のお客様にいかに尽くせるかをいつも考えなさい」

「お客様の服だからといって適当にリフォームしないでほしい。自分の服だと考えて大切に扱ってください」

脱北者のスタッフの中で、私のところで一生懸命、技術を習った二人が創業したケースもあります。彼女たちはミシンの技術だけで創業できたわけではありません。人としての品性を備えていました。

人との対話、サービスする精神、人と交渉できる心構えなどを十分、熟知して初めて創業できるのだとアドバイスします。

最新機器を活用

現在、12人の社員の中で6人が脱北者です。彼女たちがリフォームの技術を磨きたければ、いつでも伝授したいと思っています。

彼女たちが早く自立できるように助けるのが私の当面の課題です。

２０１６年から放送通信大学校の生活科学科の衣類ファッション専攻に通っています。1日12時間お店で働くので少しでも仕事に余裕があるときにスマホで授業内容を聞きます。

リフォームの仕事をしていると北朝鮮の生活が目に浮かびます。北朝鮮には洋服のリフォーム店がありません。南北の統一が実現したら私はリフォームだけでなく生地のことやデザインなどを習って服に関連する仕事を北朝鮮で展開したいと思っています。

「一人で5店舗もの管理をどうやるのか?」

時々、人にそう聞かれます。

私の秘密兵器はＣＣＴＶ（有線テレビ）とスマホです。スマホにはメールを見たり電話をかけたりする以外に、もう一つ重要な役割があります。私のソウル駅店以外の４つの店舗の管理です。

各店舗にCCTVが設置されていますので、私はソウル駅店でそれを見ながら東大門《トンデムン》、一山《イルサン》、新道林《シンドリン》、上洞《サンドン》の4つの店舗の状況をモニタリングできるのです。どうしてもスタッフが値段を決められない場合、私のスマホに質問がきます。また難しいリフォームの場合、CCTVの映像を見ながらスマホで作業を指示します。それでも難しい場合、私が電車に乗って現場に向かいます。

そこでリフォームのやり方を直接、教えます。たいへんではありますが、CCTVとスマホで大まかな仕事は解決できるのでだいぶ助かっています。

これだけ韓国の資本主義システムに早く適応する北朝鮮の人を初めて見た。いつも満面に笑みを浮かべながらお客様に接し、厳しい要望にも嫌な顔をしないで満足できるまで対応する。クレームにも巧みに処理する。

店舗運営ではCCTVとスマホを駆使しながら他店のスタッフをマネジメントする。脱北者への技術伝授はもちろんのこと、モチベーションを高めるための工夫などにも力を入れている。

間近で見て感じるチョン氏の資本主義最先端のマネジメントのやり方に舌を巻いた。

考えてみれば、これまでの彼女の人生の中で今が一番、花が咲いているかもしれない。やっと自由の国に来て魚が水を得たようにのびのび躍動する。水を与えてくれた韓国政府に感謝し、訪れてくる韓国のお客様に日々感謝しながら心を込めて丁寧に服を直していく。

その働く姿勢と感謝する心が、いっしょに働く脱北者の女性たちに感動を与え希望を与える。

苦労の連続だった女の半生を目の当たりにして、今後は幸せな女の半生を送ることをそっと祈る。

お笑い芸人から飲食業界の社長へ

チョン・チョル

1989年冬、前年、開催されたソウル五輪の興奮がまださめやらぬソウルで北朝鮮出身の初々しい20歳の青年二人が緊張した表情で記者会見場に現れた。二人はその数日前、ベルリンの壁の崩壊に紛れて韓国へ脱北してきたのだ。

青年の一人であるチョン・チョル氏は北朝鮮の理工系の名門、金策《キムチェク》工業総合大学に入学し、その後、ドイツのドレスデン大学に留学した。北朝鮮国外に出て初めて、それまで北朝鮮政府が話していたことがすべて嘘であることに気が付いた。

彼は党の最高幹部の子供という特別な階級に属し、ドイツへの留学という特別な恩恵を受けていたにもかかわらず、脱北の道を選んだ。そのため多くの人の関心を引いた。

韓国に渡ってからは漢陽《ハンヤン》大学校工学部を卒業し、一回のテレビ出演がきっかけで突然、お笑い芸人になった波瀾万丈の人生は、ここからが本当の幕開けだった。

ベルリンの壁の崩壊

脱北した日のことはいまだに鮮明に覚えています。

その頃、私は東ドイツ（当時）最大の工科大学であるドレスデン大学に留学していました。ある日、ベルリンから離れたところにある友人の家に遊びに行ってテレビを見ていたら突然「ベルリンの壁の国境ゲートが開放される」というニュースが流れたのです。友人の家には即座に東ドイツにある北朝鮮大使館から電話が入りました。

「東ベルリンは留学生が多いので一か所に集めているが、お前のところは東ベルリンから離れているから動くな」という指示。

これは非常事態だと思い、私はすぐにドレスデン大学に戻ることにしたのですが、友人もついていきたいと言います。それまで私は脱北したいということなど話していなかったのですが、彼も何かを察していたのでしょう。

翌日の早朝、私たちが東ベルリンに着くと、東ドイツの若者たちが大勢、集まって西ドイツに向かっているところでした。

私は思いきって友人に「西ドイツに行きたい」と言いました。すると友人も「いっしょに行きたい」と言うのです。彼も東ドイツでの生活で北朝鮮の嘘を身をもって実感していましたから、私と同じ気持ちだったのでしょう。

壁の周辺では群衆が大騒ぎしていました。そのとき、ふと不吉な考えが頭をよぎりました。

――北朝鮮大使館の誰かが潜伏して警備にあたっているかもしれない。

もしここで捕まれば、たいへんなことになります。けれど心配する必要はありませんでした。二人とも体が小さいので背の高いドイツ人の間に挟まれていると目立たず、歩いていたらいつの間にか国境を越え、西ベルリンに到着していたのです。

私たちはさっそく周囲にいた西ドイツ人に韓国大使館の場所を訪ねました。

しかし土曜日だったので大使館はお休みでした。なんとか月曜日までの2日間、身を潜めていなければなりません。

その当時、西ドイツにも北朝鮮からスパイがたくさん送られていると聞いていたため、気が気ではありません。

道を歩く人に「韓国人を見たことはあるか」と聞くと、少し離れた場所で署名運動をしている在独韓国人グループがいると教えてくれました。私たちは韓国人を見つけ、ビクビクしながらその人たちにドイツ語で話しかけました。

すると彼らは私たちの発音からか「北朝鮮からの人ですか」と質問してきます。思いきって頷いたら、すぐに韓国領事に直接電話を入れてくれました。

——ああよかった。

ほっとしていると、韓国の領事館から7、8人の職員が来て、私たちを取り囲むように守りながら領事館に連れて行ってくれました。

彼らは私たちが到着するや否やドイツ語で「拉致されたのではなく自分たちの足で韓国に亡命したと録音機に向かって話してほしい」と言いました。そのぐらい当時の国際関係は緊張していたのです。

「ソウル大学生」という身分で臨時パスポートを作ってくれ、私たちは西ベルリンから韓国まで脱出することになりました。

——パスポートももらえたからこれでもう大丈夫だろう。

私たちは安堵しましたが、空港に行き出国審査を受けていたとき、私たち二人は突然、武装した軍人に逮捕されたのです。

驚く間もない出来事でした。

同行していた領事が「韓国のパスポートを持っているのになぜ捕まえるのか」と激しく抗議してくれましたが、軍人たちはこわばった顔で「とにかくついてきなさい」と言うだけ。

「これでおしまいだ！」

「北朝鮮に送還されたらどんな体罰が待っているのだろう」

——生きた心地がしません。

そのとき、韓国領事がそっと私たちに近づいて韓国語で「絶対に北朝鮮人という身分をばらしてはいけない。またドイツ語もわからないふりをしなさい」とささやきました。それが唯一の頼みの綱でした。

私たちは言われた通りにドイツ語で質問されても何もわからない顔をしました。

しばらくして「隅に行って待ちなさい！」と言われました。

二人とも恐怖で体が震えていましたが、領事が「もし韓国行きが失敗したらみんなで領事館で暮らしましょう」と冗談を言って慰めてくれました。

何時間も待たされた後、領事が戻ってきて「北朝鮮大使館から二人の逮捕命令が来ている」。それを聞いたときの絶望感――。

領事は軍人に対して「彼らは命を懸けて自由を求めている、遮ってはいけない」とドイツ語で一生懸命、懇願してくれました。

領事の訴えが通らなければ私たちは祖国で殺されるだけだ――。覚悟を決めていると一条の光がさしました。あとからわかったのですが、当時、東ベルリンはソ連が占領し、西ベルリンはフランス、イギリス、アメリカが占領していました。空港はフランス領だったのでフランス人が管轄していたのです。

自由、平等、博愛を国是とするフランス人はさすがです。こう語りました。

「我々はすべて知っていた。自由を求めているのに我々は遮ることはしない。しかしあなたたちが嘘をつくから拘束した」

私たちはこの言葉で解放され、運よく脱出することができたのです。次の韓国行きの飛行機に乗ったとき、私の体は冷や汗でびっしょりでした。

韓国の金浦《キムポ》空港に降りたとき、あまりにも大勢の人がいたので私たちを歓迎してくれているのかと思いました。後で知ったのですが、他の人の出迎えに来た一般の人でした。

国情院の人たちは入国後、すぐに私たちを車に乗せて無線機で「ワシ（鷲）！ワシ！　こちらジャガイモ2個が来た！」と暗号で話したのを覚えています。

私たちジャガイモは、これでやっと自由を獲得できたのです。まだこの時期の脱北者は珍しく、私が北朝鮮の最高位幹部の息子であることとドイツの留学生が韓国入りをしたということで話題になり、韓国の多くの人がテレビの画面に釘付けになったと後で聞きました。

出身は最上流階層

父親は日本統治時代に空軍として「日本航空団」に所属していました。父の友人に、名古屋にある航空学校出身のイファルという人がいました。

1945年8月15日、つまり日本が降伏した日に、まだ終戦を知らされていない父とイファルさんは新義州《シニジュ》の飛行場に配属されました。

そこで金日成と出会い、3人で北朝鮮航空協会を作り、お酒を交わしながら「我々が力を合わせてこの国を立派に建ててみよう」と誓ったそうです。その後、父も朝鮮民主主義人民共和国の建国のために力を注いだので幹部の一人となりました。

私は父の身分のおかげで北朝鮮では最高に恵まれた生活を送りました。子供のときから機械いじりが大好きだったので金策工業総合大学に入り、ラジオを自分で作って聞いていました。周波数を調節すると韓国の放送が聞こえたときもありますが、ドイツに行くまで体制のことを疑うことはまったくありませんでした。

1982年、金日成の東ヨーロッパ訪問後、「北朝鮮を東ヨーロッパのように発展させるために留学生をたくさん送るように」と指示があり、党の幹部の子供の中から大学別に何人かが割り当てられました。

最高のエリート子女だけ留学に行かせて費用もすべて国家が負担する。どんなに優秀でも家柄がエリートではないと選抜されません。

当時、中国やロシアには貧乏なイメージがあってあまり人気がなく、ドイツが最も豊かで人気があり、2番目に人気があったのがチェコスロバキアでした。私の場合、父のコネでドイツに行くことになりました。

とはいえ私はドイツに行く寸前まで自分が選ばれたことさえ知りませんでした。ある日、突然、ドイツ留学を知らされ、流されるままにベルリンに着いてしまったのです。語学の勉強もまったくしていませんでした。

東ドイツに行った当初は愛国心に燃えていました。「我々が祖国を発展させないといけない」──当初は世界で金日成・金正日を知らない人はいないと思い込んでいました。

1年間、一生懸命ドイツ語を勉強し、「金日成・金正日を知っている？」と他の国から来ている留学生たちに聞いたら「知っている」と答える人は一人もいません。ショックでした。1年を過ぎる頃、何かが間違っているのではないかと気付き始めました。

1988年にはソウルオリンピックが開催されました。東ドイツでは西ドイツのチャンネルを通じてテレビが見られました。オリンピックの開催に合わせてソウルの特集番組が多く、私たちは初めて韓国の実態に触れました。

それまでは「韓国は貧しい国だ」という教育を受けてきたのにその姿はまったく違いました。画面に映る建物はとてつもなく高く、町を歩く男性たちの体もしっかりして顔色もよいようです。特集で韓国企業の実情が放送されましたが、私たちの認識とは大きくかけ離れていました。

しばらくして大学が冬休みに入り、留学生は北朝鮮に戻りましたが、東ドイツと比べると酷く貧乏生活だったので、ほとんどの人が休みが終わる前に大学のある町に戻りました。私もそうでした。

そういう状況の中で突然ベルリンの壁が崩壊したわけです。

資本主義の西側諸国と共産主義の東側諸国の分断の象徴でもあったベルリンの壁——それは1989年11月9日に崩壊しました。翌年10月、東西ドイツは統一され、91年にはソ連が崩壊。ベルリンの壁の崩壊は当時、最後の分断国として残っていた朝鮮半島の国民に統一に対する大きな希望を与える象徴的な出来事となったのです。

芸能人として有名に

韓国に到着したとき、環境への適応はそれほど難しくないと思いました。なぜかというと私たちの場合、東ドイツへの留学で体制と国が代わることを一回、経験したからです。

しかし韓国は東ドイツや北朝鮮のような社会主義ではありません。戸惑ったのは「車に乗って高速を走り、トールゲートでお金を払うこと」と「住民税を払うこと」――なぜなら北朝鮮ではそういう習慣がないからです。

当時は北朝鮮から来た人が少なかったので韓国の人々が非常に怖がっていたのが印象に残っています。漢陽《ハンヤン》大学校工学部に通いましたが、誰も隣に座ろうとしません。

新入生交流会ではみんなお酒が入ると近づいてきて、いきなり私の頭を触り、

「角があると聞いていたのですが、角はないんですね」

私はとっさに、

「あ！　この前、頭の角を切ったよ」

と冗談で返しました。そうするとみんなが笑い、場が和むのです。

また合コンをするとき、私が近づいて北朝鮮語の強いアクセントで「同じ席に座ってもよいでしょうか」と言うと、怖がってみんな逃げました。

とにかく北朝鮮から来たと言うと女性たちが怖がっていました。実は北朝鮮では女性に人気があったので、たいへんショックを受けました。このままだと韓国では結婚もできない――。

ある日、偶然KBSテレビの「南北の窓」というプログラムに出演することになりました。雪が降る日に撮影していたので司会者が「北朝鮮では雪が降るとどうしますか」と聞いてきます。他の北朝鮮の人々は堅苦しい表情で「党が強制的に片付けさせます」と。

私は親しみやすいように「めんどうなのにいつも片付けろと怒鳴られます」。

このコメントがその場で大いに受けました。

すると視聴者からも反響があったようです。放送後いろいろなテレビ局から出演の依頼がありました。

MBCテレビの「統一展望」という人気プログラムにも出演しました。韓国の祭りなどに参加して韓国の人と仲良くなる過程を見せようとする趣旨のプログラム。私自身、人とすぐ仲良くなる性格だったので楽しく過ごしました。

参加した人々も北朝鮮から来た人が珍しかったのか、とても親切に接してくれました。

その後、SBSテレビからもオファーされ、しばらくの間コメディープログラムに出演することになり、顔が全国に知られるようになりました。その年はよく働き、放送局最大手の3社の新人賞を総てとりました。

このまま放送関係の仕事をしようか——みんなを笑わせると人気が出ると思ったのも理由です。テレビに出て人を笑わせる、「あの人は怖い人ではない」というイメージが広がり、だんだん人気が出ました。珍しさも人気が出た理由の一つでしょう。また、女子にも怖がられないようになったのです。そのことが一番、嬉しかったかな——。

SBSテレビで仕事をしているときのこと。ちょうど自宅近くだったので昼休み時間になると同僚を家に招待し、ご飯を作っていっしょに食べました。

「おいしい」――みんながとても褒めてくれます。実は私の母の料理はすばらしく、そのおかげで私もおいしいご飯を作ることができたのです。

私にとってお盆やお正月は母の料理を学ぶ期間――北朝鮮の大学でも東ドイツの留学時代も一人暮らしで自炊していました。韓国に来たときにも一人暮らしだったので、ずっと料理をしていました。

あるとき、イ・ボンウォンという有名なお笑いタレントが私に「あなたが作る冷麺はとてもおいしいので、冷麺専門のレストランを作るときっと繁盛する。名前は『チョルの冷麺』でどう?」と言ってきました。

そのときはテレビの仕事が忙しすぎて飲食店ビジネスに目が向きませんでしたが、その一言はとても印象に残りました。

いつか飲食店をやってみようか――そう思うようになったのです。

ある日、知り合いが住んでいる建物の一角に空き店舗を見つけました。

オーナーに聞くと保証金が1000万ウォン(約100万円)、賃料が月約80万ウォン。とても安かったので声優の友人と1500万ウォンずつ投資して3000万ウォンでレストランを始めることにしました。

看板は「チョン・チョルの故郷冷麺」。

節約のために大工一人と友人の3人でいっしょにインテリア工事をやりました。自分の中には、飲食業で成功するという自信があったのかもしれません。

故郷冷麺店を始める

料理長を募集したときも、私の顔がテレビで知れ渡っていたので多くの人々が集まりました。しかし、お店を見せると誰もが「お店の場所が悪すぎるので数か月後に必ずつぶれる」といって尻込みします。

そこで味で勝負するためにそれなりのレベルの料理長を選び、私も料理には自信があったので隣で手伝い、教えました。

オープン後の集客計画は――。

一つ目は宣伝広告。自分の弱点をチャンスとして利用しました。「北朝鮮から来た」というマイナスイメージを逆手に利用しようと思い、チラシをあえて「北朝鮮が韓国を非難する宣伝ビラ」のように刺激的な内容で作りました。

赤い紙に「偉大なる故郷冷麺万歳！」「冷麺を食べにみんなが立ち上がろう！」など刺激的な文句を書き、人々が一回見ると忘れられない、笑わざるを得ないように作り好奇心を刺激したのです。

二つ目は「北朝鮮出身者が元祖の冷麺を提供する」と宣伝すること。当時はそういうお店はなかったので珍しさでお客様が来るようになりました。

三つ目は差別化です。当時、冷麺の麺は分厚かったのですが、私の店ではものすごく薄く作りました。それが当たったのです。お客様は食べるとき「何で麺が細くて柔らかいの？」と不思議な顔をし、食べた後は「とてもおいしかった」。このギャップが受けたのです。

四つ目は韓国人向けにカスタマイズすること。北朝鮮の冷麺が有名だと言っても現在の北朝鮮の料理をそのまま提供しても韓国人は誰も食べません。実際、北朝鮮ではよい材料を使っていません。そこで、本を読みながら昔の朝鮮の特権階層である両班《ヤンバン》が食べた冷麺の材料と作り方を研究して、その通りに作りました。さらに韓国人の口に合わせて少し濃い味にもしました。

最後は視覚・嗅覚効果を活用すること。厨房ですべて作るのではなく、饅頭と緑豆チジミはお客様の目の前で作るようにしたのです。

かなり香ばしいにおいがするので、冷麺を食べに来たお客様でも饅頭と緑豆チジミを注文することが多くなりました。

宣伝は奏功し、お客様が列をつくって並ぶほど商売繁盛しました。20坪はないお店で1日の売り上げが200万ウォン（約20万円）。さらにチェーン店を展開したら、あっという間に加盟店が60店舗にまで増えました。

1日の売り上げが2000万ウォンになるほど急成長を遂げたのです。

しかも、この頃はお笑い芸人としてもたいへん人気があって各放送局からも引っ張りだこでした。

冷麺のルーツは北朝鮮にある。大きく分けて水冷麺（スープ付き冷麺）とビビン冷麺（スープなし混ぜ冷麺）の2種類。

水冷麺の代表は牛肉や雉肉《きじ》で取った透明の冷たいスープが味の決め手の「平壌《ピョンヤン》冷麺」。ビビン冷麺の代表は汁なしの甘辛ダレがクセになる「咸興《ハムフン》冷麺」。

チョン氏がオープンした店の名前である「故郷冷麺」は、北朝鮮出身者が作るという意味で韓国初の本場の冷麺の店になり、大きな話題になった。ほとんどの人が、チョン・チョルというと「故郷冷麺」の人として知っているほどブランディングに大成功した。

詐欺で無一文に

お笑い芸人と飲食店のビジネスを両方やるのは当初から無理がありました。やはりどこかに歪みが出るのです。

ある日、地方出身の韓国人が訪ねてきてこう言いました。

「自分は孤児として育った。俺は君を弟のように面倒を見たい」

私は脱北後、たいへんだったので、苦しい時期に同じように不運の人が温かく受け入れてくれたことが涙が出るほど嬉しかった。その人を受け入れると、あっという間に私の家に彼の家族まで来ていっしょに暮らすことになりました。毎日、ご飯も作ってくれます。当時はとても感謝していました。

けれど、それが間違いだったのです。

「君はテレビの仕事で忙しいからそれに専念して、飲食店のビジネスは私に任せてください」

彼のその言葉を信じて決裁権を渡して経営に関してすべてを任せました。

ある日、私がテレビの仕事のために1、2週間の地方出張から帰ってくると、私が選んだ職員がすべていなくなり、いつの間にか彼の身内が新しい職員として働いていました。

少し様子がおかしいと気付いたのですが、私はせっかく家族のようになった人を失いたくなかったので、そのままにしていました。

さらに月日が経ち、飲食店のビジネスが大きくなると彼は豹変しました。

「俺のおかげで事業は大きくなった。経営権を俺に渡せ」

私を脅迫し、ついには故郷から暴力団を連れてきたのです。

私はなすすべなく事業を手渡すこととなり、最終的に約38億ウォン（3・8億円）を失ってしまったのです。

あれほど信じた人から裏切られたというショックと自分の見る目のなさ――私は悔しくて耐えられませんでした。

テレビの仕事も辞めて毎晩、焼酎を飲みながら自殺まで考える日々。人が信じられなくなり、対人恐怖症にかかりました。10階のアパートに暮らしていましたが、一日中、焼酎を飲んで夜ベランダに立つと飛び降りたくなるときが何回もありました。

ところがある日、心の奥底でこんな声で聞こえてきます。

「私が持っていたものすべてを他人に奪われてとても苦しい。しかし私が韓国に来たときは手ぶらだった。そのときは何にもなかったけれど、とても幸せだった。もう一回、始められないか」

そう思ったら急に心が軽くなり、また屋台から仕事を始めようかという気持ちになり、外出する気になったのです。

全財産を奪われてしまいましたから手元にお金はありません。私は飲食店で雇われ仕事から始めましたが、顔が知られていたので別の店からも「来てほしい」と頼まれるところが多くなりました。

無心で働き、お金が貯まると小さなボシンタン専門店（犬の肉と各種スパイスを使用した朝鮮半島の料理で、体の栄養を補うスープ）、貝焼き専門店などを経営することになります。

その間、多くの人が助けてくれました。温かい言葉もたくさんもらい、何よりも力になった――。勇気を振り絞って再起を夢見ることができました。

新たなスタート

本格的なビジネスが再スタートしたのは2005年からです。寒い冬に食べると体が温まるクッパ（ご飯とスープを組み合わせた雑炊のような料理）を提供しました。

「故郷クッパ」と名付け、1杯2900ウォン。当時の会社員の平均食事代の半分以下という破格の安さを売りにしたわけです。

会社名は「コレフード」。加盟店を募集し、本社で食材の仕入れ等の一括管理をして、すべての材料を加工してパックに詰めて加盟店に送ります。

フランチャイズを運営するためにはブランドの管理や味を一定水準にすることが何よりも重要だということを前の失敗経験から学んでいたからです。

しばらくしてテレビショッピングで商品を売り始めました。

——私は顔を知られているのだから知名度で勝負しよう。

そう判断したのです。

最初は北朝鮮料理の「チョン・チョルのタン（湯）セット」を売り出しました。「テビジタン（湯）」という豆をすり鉢で細かくすりおろしたスープで、健康食品として売れると思ったのです。けれどメニュー名の認知度不足で期待したほど売れませんでした。

次に夏に向けて冷麺を売り出しました。「チョン・チョル冷麺」という名の水冷麺。こちらは反応がよく、毎年売り上げが伸びて、現在も人気商品です。

3番目に出した商品はカルビと冷麺のセットでした。しかしこれは駄目。次の饅頭もあまり売れません。

「もっと顧客に印象付ける何かを作りたい」

悩み続けて考案したのが「壺の形の商品を作る」というアイデアでした。冷蔵庫のなかった昔の北朝鮮では、カルビ肉にヤンニョム（合わせ調味料）をつけて壺の中で熟成させました。その故事に由来する商品で「壺カルビ」という名前にしました。

これには爆発的な反応がありました。カルビが入った壺を届けるというアイデアが消費者に新鮮で強烈な印象を与えたのでしょう。テレビショッピングで95分延長放送すると1万セット、1分当たり400万ウォンの売り上げ！

業界新記録を達成しました。

この爆発的なヒットにより「チョン・チョル＝壺カルビ」として人々の頭の中に刻印されたのです。発売3年で年商100億ウォンを達成！　30万セット売れたということは約720万人が食べた計算です。

テレビショッピングで食品分野の会社がこれほど売り上げることは簡単ではありません。

商品開発の秘訣は、故郷でお母さんが作ってくれたやり方を真似し、材料をよいものにし、肉も国内産で包丁を使って切ったこと。

ヤンニョムも化学調味料をいっさい使わないで、梨などをたくさん入れて家庭での作り方をそのまま再現し、とてもよいものができました。そのためリピーターも多く、気に入った人は10回、20回も注文してくれました。

その後も商品開発には力を入れました。

従来、韓国で冷麺と言えば水冷麺とビビン冷麺しかありせんでしたが、日本に出張した際に寄ったうどん屋で商品開発のヒントを得ました。日本ではうどん一つでも1種類の味ではなく、いろいろな種類の味が楽しめてとても新鮮だったのです。

お客様を飽きさせない努力――それを真似していろいろな冷麺を開発したのです。

赤い冷麺（スープが赤い）を売り出したときは人気商品になりました。見た目にもインパクトがあり、すぐ名前を覚えてもらいました。

一般的に水冷麺は赤くありませんが、咸興冷麺からヒントを得て水冷麺を赤くし、韓国人の好みに合わせて甘酸っぱい味に仕上げたのです。一回食べるとやみつきになる、中毒性が強い料理です。

健康食である「ホヤ冷麺」は特許を取っていて他の店では味わえないとても珍しい冷麺です。新鮮なホヤ独特の香りを楽しめます。子供が好きなトンカツ冷麺、お年寄りが好きなすね肉冷麺など、いろいろな客層が好むものを揃えました。

特許を取りながら次から次に新しい冷麺を開発していくので、ブランド価値がどんどん上がっていき、販売量も増えていくという想像以上のメリットもありました。

他の店では味わえない特化されたメニューライン。

差別化による競争力の強化。

新しい味、食べる楽しみ、幸せな価格というモットーで、韓国の伝統の味を守りながら、スピーディーに変化している外食文化のトレンドを取り入れる。

安定的な収益構造を維持してきました。

ある程度、事業が安定してから私は北朝鮮からの脱北者にこう語りかけることが増えました。

「この社会（韓国）は自分が選択して来たところです。たいへんだとわめいても政府が何かをしてくれることはありません。とにかく会社へ入ったら最低限1、2年はじっと我慢すること。適応が難しいといって2、3か月で辞めてしまうと結局、転々と職を変えることになります。何回も辞めると自信もなくなり、再就職が難しくなります。この社会は学生時代に優秀だったからといって豊かな暮らしが保証されるわけではありません。けれども、何か一つだけでも上手になったらそれでうまくいく社会です。資本主義は自分が努力すれば必ず何かを成し遂げられる社会だということを忘れないでください。24時間、最善を尽くして努力する人は必ず報われます」

チーム長にすべて権限委譲

当社はチーム制で運営されています。その特徴は、チームで動くだけでなく、チーム長に全権限を委譲していること。チームで自由に意見を出し合い、チームの中でいっしょに考えて、課題を解決したり新規事業について議論したりしています。

大きな予算を使う案件以外はチーム長にすべて任せています。

テレビショッピングチーム、ネット販売チーム、流通チーム、フランチャイズチーム、メニュー開発チーム、会計チーム等々。ほとんどが中途採用で、採用のときからチーム長、課長、代理、主任として分けます。年齢は関係なく経歴で採用します。

6か月に1回、成績を上げたチームにインセンティブとしてお金を渡します。そのお金の使い方もチームで話し合います。現金で均等に分けてもよいし、飲み会を開いてもいいし、旅行へ行ってもよい。話し合う中で意外とみんなのモチベーションが上がります。

現在6つのチームの中で最も成長が著しいのはネット販売チームです。大手のショッピングモールにはほとんど出店しています。現代、ロッテ、CJのような総合ショッピングモールでの販売は毎年伸びています。

チョン社長はチーム自らアイデアを出して、それを実現して成果を出すことによる心理的な

充実感を得られることのメリットを熟知している。

チームが提案した意見はなるべく尊重して提案通りにやらせることによってモチベーションが上がることを大事にしている。

その一例として、2015年までは会社の事業展開において料理がメインだったが、チーム型組織の中で発案されたのが、小資本でフランチャイズ加盟が可能な新しい業態への展開だ。

社員から話し合いでコンセプトを考え出したのが、若い人の間で人気のある飲み物中心の「ジューシービーン」という業態だ。

ジュースとコーヒー豆をプラスするという意味でブランド名をジューシービーンに決めて、メニューの中身やジュースを入れるコップのデザインまですべてチームで決めて現在、急成長を遂げている。

飲食業を創業する人へ

韓国の若者の就業率は日本と比べて低い。日本経済新聞（2017年5月29日の記事）によると日本の若者の就業率は97・6％だが、韓国の教育部統計（2016年基準）の就業率は67・7％とかなり低く、対照的だ。

そのかわり韓国の若者は創業する人が多い。若者の創業を応援するテレビ番組「青年創業

Runway」に出演したチョン社長は外食業を創業する際の注意点などについて熱弁をふるった。

第一に飲食店はとにかく「味」が大事。おいしくなければ親、きょうだいも来ません。非常に冷たい世界ですから何が何でも味で勝負！

第二に大衆的な料理を選ぶこと。一時のブームに乗って料理を選ぶと2、3年後そのブームは泡のように消えます。何年か前に韓国でブルダック（炎の鶏）といい、非常に辛い味付けの鳥のから揚げが大流行しました。

町中でその店を見かけましたが、今はブームが去り、多くのお店が消えました。

第三にリーズナブルな価格設定。どんなにおいしくても高ければお客様は来ません。日本に行くと気付きますが吉野家の牛丼のように信じられないほど安くておいしいものがあります。

また世の中には食べること以外に面白いことがたくさんあります。ダイエットしたり小食になることでお金を節約してスマートフォンを買い、ゲームし、旅行も行きたいのです。そのため食べることにお金を使わなくなりました。だからこそ安さが重要なのです。

第四に何年か前の新聞記事にこうありました。

「個人で創業した人の70～80％ぐらいが廃業し、フランチャイズで事業を始めた人は20～30％廃業する」

フランチャイズは本社がシステムをしっかり作っているので閉店に追い込まれる確率が低い。個人が創業した場合、一回でもお客様がおいしくないと思うとどんなことをやってもお客様は戻ってきません。看板を変えるしかありません。

徹底的にフランチャイズの特徴と強みを生かすことです。

第五に万一、個人で創業する場合は必ず規模を小さく始めること。どんなに自信があっても小さくスタートして、うまくいってから大きい店にすればよいのです。

第六にオーナーが予め飲食店で修業すること。冷麺のお店を経営したいなら半年以上は必ず冷麺の有名店で修業することで、事業としてやるべきかどうか判断がつくからです。

第七にお店を選ぶときはたくさんの店舗に直接行って、なるべく多くのことを調べること。周囲の環境や歩く人の数など、市場調査が何よりも重要です。

第八に集中すること。私は工科大学出身で、本は小説を読むのが大好きでした。つまり料理とは縁がありませんでした。けれど料理の道で生きていくと決めてからテレビの仕事もやめ、本も料理の本しか読まなくなりました。

つまり飲食の専門家になるために朝から晩まで料理のことだけを考えたのです。

第九に時代によって味も嗜好も変わる。絶え間なく他の店舗の味を調べ研究を続けた方がいいです。私の場合、今でも日本に行き、社員たちといっしょに日本の飲食店でスタッフの動きを観察したり、いろいろなメニューを頼んで味を調査したりしています。

多角的なビジネス展開

事業は多角的に展開しています。テレビショッピング、フランチャイズ運営、ネット販売等々――。

テレビショッピングは知名度を生かして私が出演し、現在6つのチャネルで放送されています。

フランチャイズ運営は冷麺やスープを提供する「チョン・チョル飲食サラン」が2016年10月現在33か所。最近では韓国料理をうまく作れる料理長を探すことに苦心しています。

また飲食店内で料理すると原価が高いため、弊社の場合、工場で一流の料理長がおいしく作って味を保ち、材料費を抑えます。原価を抑えてお客様に安く提供できる点は大きな強みです。

「チョン・チョル飲食サラン」の運営方針は顧客密着です。フランチャイズとはいえ店舗のメインの顧客層に合わせてメニューを少しずつ変えます。

たとえば全南《チョンナム》大学校の学生食堂にも店舗が入っていますが、ここは学生たちが好きなボリューム満点のメニューがたくさんそろえてあります。サラリーマンが多いお店ではランチメニューが豊富です。仕事帰りの人が多い繁華街の店舗では酒のつまみが充実しています。

本部ではいつも新しいメニューを開発しているので、加盟店は常に自分の顧客に合ったメニューを本部と相談しながら選んで提供します。

ネット販売は大手ショッピングモールのほとんどに進出。5つの総合ショッピングモールの他、ソーシャルネットワークでの販売も伸びています。

２０１５年12月からスタートした新しい業態が果物ジュースとコーヒーの専門店である「ジューシービーン」です。少ない投資で店舗を始められるのでたいへん人気です。２０１６年10月の時点で加盟店は30店になりました。

6〜8坪以内で開業できる点と開設費用が４２００万ウォンと高くない点が大きなメリットです。マンションが密集している地域にある学校前の店は保護者の集まり場所になっているほど人気です。

食材を加工する自社工場を２０１３年度に設立しました。その際に最初からＨＡＣＣＰ《ハサップ》※認定を受けることを考え、その基準に合わせて工場を作りました。

工場では、新鮮な材料を使っているか、清潔に作っているかを毎日、厳しくチェックしています。

工場の職員たちには、「これはあなたの子供が食べられるものでしょうか」といつも聞きます。

現在の主力商品は冷麺、カルビタン、ユッケジャン、コムタン、壺カルビなどですが、今後は総合食品会社を目指します。海外は日本とフィリピンに輸出しており、これからもっと積極的に海外進出していきたいと思います。

※ＨＡＣＣＰとは食品の製造・加工工程のあらゆる段階で発生するおそれのある微生物汚染等の危害をあらかじめ分析（Hazard Analysis）し、その結果に基づいて製造工程のどの段階でどのような対策を講じればより安全な製品を得ることができるかという重要管理点（Critical Control Point）を定め、これを連続的に監視することにより製品の安全を確保する衛生管理の手法のこと（厚生労働省）。

――全力投球！

そのときそのときの自らを取り巻く社会と向き合い、仕事に全神経を集中して取り組み、力強く生き抜いてきたチョン社長。韓国社会にこれほどうまく溶け込みビジネスで成功した脱北者は他にいるのだろうか。

韓国では彼のことを「数多くの失敗と挫折の中でも絶え間ない情熱で成功神話を成し遂げた小さな巨人」と呼ぶ。脱北者の間では北朝鮮にいたときから知られていた有名人であり、「脱北者の父」「歩く大統領」と慕われている。

母や故郷の象徴である「北朝鮮のレシピ」を、そのままではなく今の韓国人の口に合わせてアレンジすることによって新しい味を誕生させ、人気を得て飲食業で大成功した。チョン社長はまさに「料理」で南北統一をもたらしたのだ。

さらに北朝鮮からきたというハンディを逆手にとってそれをうまく利用しようとアイデアを絞ったのも広告宣伝に功を奏した。その上もっと清潔に、もっとおしゃれなインテリアにこだわり、破格の安い値段で消費者の心をつかんだ。

今後の夢を聞くと、韓国人が海外旅行中「今日は韓国料理が食べたいな～」と思いながら町を歩いているときに、「あら、チョン・チョルの店じゃないの?」と、海外店舗を見つけ、喜んで店に入ってもらうことだと話してくれた。

けれど当面の夢は「フランチャイズ加盟店の店主がお金をたくさん儲けること」「いっしょに働く社員たちの給料が上がって豊かな生活ができること」と、話は尽きない。

最後に「ずいぶん欲張って話してしまった」と満面に笑みを浮かべた。

脱北者の命を守る2人のプロ

チョン・ギウォンとキム・ヨンファ

キム・ヨンファ

チョン・ギウォン

脱北の成功――もちろんそこには彼ら・彼女らの血のにじむような努力の積み重ねがあるが、そこには忘れてはいけない「協力者」がいる。

それは「脱北ブローカー」と呼ばれる人たちだ。

自力で脱北してくる人もいるが、ほとんどの人は脱北ブローカーの力を借りて脱北する。よほどの力量と運がない限り、脱北ブローカーの力を借りずに脱北するのは不可能だ。

脱北を望む人にとって脱北ブローカーは命綱であり恩人であるはず。しかしながら脱北ブローカーに対する評価は真っ二つに分かれる。

「命を懸けて脱北者の命を守る人権活動家」だと称賛されるブローカーもいれば「力のない脱北者を利用して金儲けをする非人道的な連中だ」と非難されるブローカーもいる。

善人と悪人をどこで線引きするのか。

脱北の手伝いは実際、命懸けの仕事である。見つかれば北朝鮮や中国での投獄や拷問が待っている。自分の命を懸けて他人の命を助ける勇者たちのはずなのに称賛ではなく批判や非難される人がいるのはなぜだろうか。

彼らは人権活動家なのか、弱みにつけ込んで金を儲ける悪質な連中なのか――。

チョン・ギウォン牧師の正体

色白で端正な顔立ちから優しそうな雰囲気が全身に漂うチョン・ギウォン牧師。温かいまなざしの裏に並外れたバイタリティーが隠れているような気がする。

チョン氏が脱北者手助けの活動を始めてから18年になる。米国のウォール・ストリート・ジャーナル紙に「ノーベル平和賞に値する活動をしている人」として、コラムに彼のことが紹介されたこともある。

２０１７年末までにおよそ１１５０名の北朝鮮人を中国経由で脱北させた。自らも中国の公安（警察）に逮捕され零下40度まで下がる極寒の刑務所に8か月間、投獄された経験を持つ。にもかかわらず彼が脱北手助けの活動を続けている理由は、いったい何のためなのか。時間に追われ命からがらの目にあいながらも多くの脱北者を手助けしてきたチョン氏に、最近の健康状態から尋ねてみた。

「大丈夫ですよ。慶尚北道《キョンサンプット》の慶山《キョンサン》（韓国南部の釜山より北の方向に70キロほど離れた市）の貧しい農家に生まれ、毎日のように牛の世話をしながら山に登ったり焚き物（薪）を拾い集めたりしていたので自然に強靭な肉体になりました。

そのおかげで、脱北者の道案内のためラオスとカンボジアのジャングル地帯を通り抜けたり険しい山を越えたりする際には、とても助かりました」

貧しい生活から抜け出すため、20歳になるとソウルに上京してからホテルの仕事に就いた。ホテルマンとして奮闘し、その才能が認められたので自らも商売を決心し数々の事業にチャレンジするが、すべてが失敗に終わる。

一時は韓国の六本木とも言われる繁華街の梨泰院《イテウォン》で400人の従業員を従えるほど大きい規模のナイトクラブも経営していたが、これも失敗に終わってしまう。

1995年、中国のあるホテルを買収する話が持ちかけられた。最後のチャンスだと思い北朝鮮と中国の国境村の図們市《ともん》と琿春《こんしゅん》市に足を運んだ。

ところが、図們市に到着し橋を渡ろうとした際に本当に恐ろしい光景を目にする。

「凍っている川辺の氷から靴を履いたままの人の足がはみ出していました。ガイドにその訳を聞くと『北朝鮮から中国への密入国者が多いが、脱北に失敗した北朝鮮人の死体がここ図們江《ともんこう》（朝鮮語では豆満江《トゥマンガン》）まで流れてくるんですよ。これからそういう光景によく出合うと思いますよ』と素っ気ない顔で返答されました」

衝撃を受け、周辺を見回したら図們市の向こう側に、北朝鮮の禿山とボロ家で暮らしているいかにも貧しそうな人々の様子が目に入った。ガイドといっしょに乗った車は30キロほど離れた図們市の東側に位置する琿春市に到着した。車から降り立つと子供二人が寄ってきた。

「6~7歳ほどに見える物乞い子たちがまとわり付いてきました。かわいそうだったのでわずかだが、お金を手渡しました。その後ガイドといっしょにしばらく歩いていたら、大きい悲鳴が聞こえてくるんです。パッと振り向いたら中国公安が棍棒で子供たちを殴っている。女の子だったが、耳がちぎられたのか血が流れていることが遠くから見てもわかりました。

広場でこんな酷いことが起こっても、道を行き通っている誰一人、関心のなさそうな表情でした。ガイドの説明ではその子たちは『コッチェビ』と言われる北朝鮮の子供たちで、公安が捕らえて北朝鮮に送還しても翌日には再び中国側に戻ってくるそうです」

一行がさらに車を走らせ琿春市場に入ると、多くの人が集まっていた。その群れに近づいてみると16、17歳ほどの女の子二人を大人が車に無理やりに押し込んで連れて行った。

「助けて！」

と悲鳴を上げているにもかかわらず……。

「ガイドの説明によると、その女の子たちは食べ物のない北朝鮮から国境を越えて琿春まで来たそうです。中国人ならそういう子供たちを最初に見かけたら誰でも勝手に連れて行くことができ、いっしょに暮らしながら働かせようが、水商売に売り渡そうが、勝手に何をしても問題にならないのだと言われました。それは人間ではなく猿に等しい扱いでした」

チョン氏は足ががたがた震えていた。その足ですぐに琿春の教会に行き「神様よ！　このような光景は二度と目にしたくないので、せめて今後はこの場所に来ないですむようにしてください」と祈った。

しかし運命の歯車は彼の意とは反対の方向に動き出す。

琿春でのホテル買収計画も失敗に終わり、韓国に戻ってきたチョン氏は、それまで手掛けてきたビジネスがすべて失敗したこともあり、侘しい日々を送る。

そんなある日、子供のときから真面目なクリスチャンだった母親が、いつもチョン氏の頭の上に手を置き、「神のしもべになりますように」と祈っていた記憶が浮かんできた。

平素よりチョン氏が師匠として仕えていたキム・ジョンスン牧師の勧めと教えもあり、神学校に進学することにした。

1999年7月に神学校の生徒となり、伝道師として同僚たちといっしょに中国の延吉市《えんきつ》に向かった。そこで再び4年前とほぼ同じ光景を目撃することになる。

ただ違っていたことは、夏季だったため河の氷は溶けており、北朝鮮人の死体は図們橋の橋脚に引っかかりぐるぐる回っていることくらいだった。

「あまりにもむごたらしい光景に胸が痛み、韓国に戻ってからも丸2日間、布団の中に倒れ込んだまま起き上がれませんでした。ただ横になっているだけ。まったく眠ることができなかった。どうすればいいのか悩んだあげく、とにかくこの現実を多くの人々に伝えなければいけないと思いつきました。パソコン一台とホームページの作り方の本を購入し、一人で一生懸命にホームページを作り始めました」

チョン氏は、南北二つ（ドゥリ）が一つ（ハナ）になることを願って『ドゥリハナ』と名付けたホームページを制作した。場所はソウル。ホームページをスタートアップしたのは同年の10月2日。

韓国に戻ってから2か月ほどのことだった。

「インターネットのパワーは凄いですね。ホームページをご覧になった方々からの連絡が相次ぎ、10月末頃になると20~30人ほどが集まり、私とともに北朝鮮の人たちのために祈り続けるようになります。寄付金も集めて脱北者のための保護所（シェルター）を中国の延吉と長春《ちょうしゅん》に設けたのです」

この宣教会の設立は北朝鮮に布教することが主な目的だったが、韓国人は北朝鮮に入ることができないので、あえて脱北してさ迷いながら苦しんでいる人々の保護と救出が目的になった。

設立当時、悲惨な環境に置かれている脱北者の現実を見て、どうすれば世間にこのような現実を知らせることができるだろうかと、もっぱらそのことだけに夢中だった。

当時は政府も一般人も、この問題を深刻に受け止め世間に知らせようとする人はほとんどいなかった。

脱北少年の母親を救出

「ドゥリハナ宣教会を立ち上げ保護所も設けましたが、当初は自ら献身的に脱北者を手助けすることにかかわるとは夢にも思ったことがありませんでした」

とチョン氏は振り返る。

ある日、脱北して神学校に通っているクンイルという少年に会った。食事に誘うと彼は同行したが、食べ物をいっさい口にしようとしない。

「いっしょに中国へ脱出したが、未だに中国の隠れ家で生活している母のことを思うと、勉強もできないしご飯も喉を通らない」

「今度の夏休みに君のお母さんの救出に中国へいっしょに行こう。だから今はしっかりご飯を食べるがよい」

チョン氏は少年の悲しみを慰めようと、そう言ってご飯を食べさせて別れた。

夏休みの始まる頃、突然、クンイル君がチョン氏の事務所にやってきて「いつ中国に行くのですか」と聞いてきた。チョン氏は「お母さんの救出にいっしょに行こう」と言ったことをすっかり忘れていた。

首を長くして夏休みを待ちかねていた彼に対して「それは無理だね」と言えば大きな失望感を与えるだろう。仕方なく日程を調整しながらパスポートを申請し、中国滞在中の脱北者が韓国に入国できる方法を調べる。

中国からベトナムを経由してカンボジアに入り、そこから韓国に入国することが最も成功の可能性の高い方法として判断した。ただし困ったことは脱北手助けの活動資金が手元にないことだった。

焦るチョン氏に神様のお導きなのか、事情を聞いた平澤《ピョンテク》（ソウル近辺都市）所在の教会牧師が700万ウォン（約70万円）を拵《こしら》えて持ってきてくれた。

また、ちょうどその日の夕方に脱北者の中年男性が、自分の娘も中国にいるので脱出させたいと訴えてきた。

想定もしなかったが、半ば押し出されるようにしてクンイル君と中年男性を同行させ、いっしょに中国に入る。幸いにもクンイル君の母親と中年男性の娘とは北京で合流することができた。

しかし、その次はどうすればいいのか、どうすれば脱出できるのか。

チョン氏はなんとかしなければと思いながら途方に暮れた。

とりあえずチョン氏は文具店に行き地図を購入する。北京から南の広西壮《こうせいチワン》族自治区の首府の南寧《なんねい》まで行きカンボジアに入り込もうとルートを調べたが、中国から直接行けるルートはなくベトナムを経由しなければならない。

ジャングル地帯の山々を越えるためにはどうしても事前の現地調査が必須だ。

辺りが暗くなる夜8時頃、真っ黒のハーフパンツにシャツを着て、一人でベトナムのジャングル地帯に潜入した。子供の頃に毎日のように経験した山登りから山奥の道と渓谷の水の流れる道につながる方向を直感で判断できた。

数時間かけて鬱葱《うっそう》としたジャングル地帯を歩き回り、深夜になってようやく合流場所に戻った。体中が木の小枝や野草の鋭い葉っぱなどに引っ掛かったのか血だらけになっていた。そうしてようやく一行は出発した。

「北京からベトナムまで13回の検問がありましたが、パスポートを所持していたのは私とクンイル君だけでした。『パスポートを見せて』と言われたのは私が11回、クンイル君が2回。「パスポートを持っていない脱北者は一度も検査を受けませんでした」

とチョン氏は今でも当時のことが不思議だと振り返る。

一行は中国・南寧からベトナム・ハノイ、サイゴン（現ホーチミン）を経て25日目にやっとカンボジアのプノンペンまで辿り着いた。

そのままっすぐに韓国大使館を訪れ、安全確保の助けを求める。韓国大使館の領事に南寧からの脱出ルートを説明したらまったく信じてくれなかった。

「『貴方たちが通ってきた道は地雷の埋設されているカンボジアで最も危険な地帯です。至るところに骸骨の標識（立入禁止危険地域の表示）があったはずですが気付きませんでしたか』と聞かれたのです。後々、当時を振り返るとまことに無茶なことをやっていたのですが、それもひとえに神様からの恵みにより無事に脱出できたのだと思います」

こうして中国からベトナム、カンボジアまで苦難続きの25日間の旅程は「脱北ルート1号」となった。

韓国に戻ると「脱北者を助けてほしい」という連絡がすでに何件も入っていた。

「断ることもできなかったし、1回目の挑戦がうまくいった達成感もありましたので私はその要請すべてを引き受けました。そうして神様の加護の下、現代版『ノアの方舟』として北朝鮮の人々を次々と脱出させることになりました」

「感謝」の気持ちを言わない脱北者

脱北者が韓国に入ると韓国社会にスムーズに馴染むように韓国ハナウォンで3か月間の生活が始まる。チョン氏は20人の北朝鮮人をモンゴル経由で脱北させた3か月後、彼らに会いたくなりハナウォンに面会を申し込んだ。

再会1か月前から遠足前夜の子供のように興奮状態が収まらず眠れない夜が続いた。

「俺があの人たちの命を救ったのだ。しかも一度に20人も。脱出に成功するまで数々のエピソードもある。今、振り返っても背筋がぞっとするときがある。何度も死にかけていたところを運よく乗り越えてきた。まるで英雄にでもなったような気分だった」

チョン氏は高揚する心を抱え、毎日のように面会の日を指折りしながら待っていた。

とうとうその日がやってきた。同行中の宣教師一行にも自慢したくなって皆といっしょに韓国ハナウォンを訪れた。

「私たちの到着に気付き階段を降りてくる脱北者たちに向かって私は走っていきました。『皆が私に駆け寄って抱きつきながら感謝の辞を述べながら涙を流すだろう』と想像していました。

だが走っていった私に対して脱北者たちはむっつりと白けた顔をしているだけでした。16歳の若い男の子は見向きもせず私の目の前でタバコばかり吸っていました。私が注意したらすぐタバコを捨てて足で踏みつけながら顔をしかめました。

まるで借金督促の取り立て屋にでもあったような嫌な感じの表情を見せていました。本当に驚きました」

命懸けで韓国に連れてきた脱北者からは感謝されるどころか、むしろ悪口を言われることが多いのにも気が付いた。また韓国に着くやいなや、そのまますぐどこかに姿を消して連絡不通になる人も少なくなかった。

「脱北者の手助けをしながら最初5年間はずっと泣いてばかりでした。そんなある日、私はふと気付きました。社会主義国家の北朝鮮ではすべてを国家がバックアップしてくれます。職場も食料も何でも国家がサポートしてくれるので感謝の対象になるのは国家と金日成に限られる。しかし苦難の行軍（食料難）が始まると社会の秩序が乱れ、生き残るためには人のモノでも平気で盗み食いするしかない。嘘をついても罪にはなりにくく、道徳や礼儀などは不要になってしまうのです。

そういう環境で生活しているうちに北朝鮮の人々は人格が崩壊し、ますます相互不信が蔓延《はびこ》る社会になってしまう。

『なぜチョン牧師は見知らぬ我々を助けてくれるのか』と怪しく思います。物を盗んだり盗み食いする状況下では、見知らぬ人を助けたり配慮したりする行為は想像することすらできず、なぜ私が命懸けで自分たちを助けているのかが理解できなかったはずです。

そのうち彼らは頭の中をこのように整理していたのかもしれません。『我々を助け食べ物や衣服などを与えてくれるのは、間違いなくチョン牧師が韓国政府から大金を受け取っているからに違いない。彼は自分の金儲けのためにむしろ我々を利用しているのだ。ならば我々をもっともっと助けるべきなのだ』と。

ひょっとすると彼らはそういう結論から、感謝の気持ちを持つどころか、かえって私に対して横柄な態度を見せていたのかもしれない。

でもそういう態度をされても仕方のないことですよ。私たちは、そういう環境の下で人間性を喪失した社会主義文化というものを理解するべきです」

そうは言うものの相当に悔しかったのか、チョン氏はある脱北者のエピソードを続けて語った。

「私が手助けした20人のうち北朝鮮の軍人出身が一人いました。ハナウォンでの面会が終わり帰ろうとしたときに『中国にいる妻と家族を韓国に連れ出すために、どうしても携帯電話がいるのでぜひ1台購入してほしい』と頼まれました。当時、携帯電話の購入費は1台約200万ウォン（約20万円）もした時期です。彼はハナウォンを出て韓国政府から定着支援金が支給されるとそのお金で必ず返すと言ってきました。私だってまだ持っていなかった時期に、です。

事情を聞いてから私の名義で1台購入し彼に手渡しました。ところが毎月約70万ウォン（約7万円）の国際電話料金が私宛てに請求されました。『何で電話料金の請求額がこんなに高額なのか』と聞くと『いろんな人に貸しているから』と言うのです。

しばらくしてから今度は『虫歯が痛くて我慢できないから治療費を貸してくれ』とか、『胃潰瘍にかかったので治療費を貸してくれ』等々、その類の電話が後を絶たずしきりにかかってくる。結局3か月の間に貸し続けた金額は合計で約700万ウォン（約70万円）にも膨らんでいました。

ハナウォンを退院する数日前にいっしょに脱北した女性から電話がかかってきて『実はその人はハナウォンにいるある女の子の心を引くために、あなたが送ったお金で彼女に金の指輪とネックレスをプレゼントしたが、うまくいかなかったのか、当日の夜、お酒を飲んでから大暴れしたので警察まで出動した』と告げてきました。

ドゥリハナ宣教会事務所の運営費が底を尽きて電話料金まで滞納している状況下で私は彼の妻と家族12名を手助けするための資金繰りに東奔西走していました。それなのに本人は若い女性との付き合いのために嘘の病を言い訳に金を借りている。我慢も限界にきたので翌日、彼に電話し、厳しく注意しました。すると突然、『カンナセッキ！（この馬鹿やろ）。脱北者のおかげで金儲けしているのに小言が多いな！　お前の腹を切り裂き、内臓を取り出して首にぐるぐる巻いて殺してやるからな。この犬野郎！　豚野郎！　牛野郎！』と言ってきたのです」

生まれて初めて聞く耳を疑うほどの悪口……。悔しさに3日間も眠れなかったチョン氏は教会に行き、崩れ落ちながら祈り続けた。その瞬間、遠方からある声が聞こえてきた。

汝は真心でイエスに従う者なのか？

だとすればなぜ悔しがるのか？

牧師たる者とは愛を施すと『感謝する』と返礼を言われるものだったのか？

その言葉を聞けなかったことに悔しがり3日間も眠れなかった汝よ！

汝は神に従う者ではないのだ！

神に従う者なら如何なることがあろうとも施した愛などすべて忘れるべきだろう。


その瞬間、チョン氏は自分の愚かさに気付いた。胸を刺されるようなそのときの悟りこそ、今日まで脱北者のための宣教活動が続けられる原動力になったという。

生死の岐路に立っている人にとっては「正直になる理由もない」「生き残るためには守るべき道徳も感謝する余裕すらもない」ということが、当時の体験でやっと理解できたと力強く訴えていた。

一瞬、気のせいか彼の顔がイエスにオーバーラップして見えた。

モンゴル国境の近くで逮捕

チョン氏はその後も脱北者の手助けを続ける。２００1年12月、12名の脱北者を連れて中国からモンゴルに向かったとき、国境近くで中国公安に捕まった。脱北者は北朝鮮に強制送還さ

れてしまい、チョン氏はそのまま中国の内モンゴルの監獄に収監された。
その当時の状況をチョン氏は韓国の放送「Channel A」に出演し生々しく語っている。

「拷問はなかったのですが、中国奥地の12月の寒さは厳しかったですね。気温は常に零下40度から50度まで下がりました。暖房は1日に30分ずつ4回のみだったので、寒さに体がだんだん震えてきてちっともじっとしていることはできませんでした。

投獄中の8か月の間に韓国政府から面会に訪れた人は一人もいません。私が投獄されている事実を米国人宣教師が米国議会宛てに嘆願書を提出してくれました。

連邦上下院議員の全員が釈放決議案に賛同し、マスコミにも知られるようになったので少なくとも裁判当日ぐらいは韓国政府からも誰かが来るだろうと期待していましたが、当日になってもやはり誰も来なかったのです。

2002年8月、私は手錠を掛けられたまま韓国に強制送還されました。韓国に送還されるまでただの一度も韓国政府関係者に会ったことはありませんでした。

同じく米国市民権者の牧師が脱北者の手助けをしている最中にモンゴル警察に捕まったことがありました。米国大使館に連絡するとすぐに大使館の職員がやってきて24時間ずっと牧師といっしょに同行してくれたそうです。

それを見守っていたモンゴル警察は、すぐ彼を釈放してくれました。私は8か月間も収監されていましたが、もしあのとき自国民のために韓国大使館の職員が面会に来てくれたなら、それだけでもどれほど心強かっただろうかと思います」

チョン氏の妻は当時の状況を次のように振り返る。

「中国の監獄に収監された後、消息の絶たれた夫を救い出すため所属教会では救出資金を集めてくれました。多くの人々がやってきて『何とか助けてあげたい』とお金をくれたのです。それを持って中国入りしたら、いろんな情報が耳に入りました。

北朝鮮に送還されたとか、すでに監獄の中で死んだとか……。

解決策が見つからず、私は最後にわずかに残ったお金で中国の国家情報員にすがりました。すると彼は私を刑務所近くまで案内してくれました。

『確かにこの刑務所にチョン牧師がいる』と言いながら面会だけは絶対、無理だと。どんなに頼んでも彼は首を横に振るばかり。

いよいよ帰国の前日、夕方頃に焦った私は彼の前に土下座して懇願しました。

泣きながら『5分でもいいから一度だけ会わせてください』と彼のズボンをつかんで離さなかったのです。困った彼は電話口でしばらく看守と交渉し、30万ウォン（約3万円）を支払うことでやっと会わせてくれました。

夜9時頃、周囲は暗くなっていました。指示に従い彼の後ろについて刑務所につながる裏道に沿っていくと、約束した刑務所の取調室がありました。しばらく待つと、やつれて弱っている夫がおよそ7か月ぶりに姿を現しました。看守が監視している状況だったのでまともに対話もできず、ただただお互い抱き合って涙を流すだけ。別れる際に私は胸の奥に隠していたコンパクトな聖書をそっと主人に手渡しました」

後日、彼女がチョン氏から聞いたエピソードの中で最もやるせなかったことは、ネズミとのエピソードだと言う。数か月間を一人ぼっちの監獄で寒さと寂しさに耐えていたある日、一匹のネズミが監房に入ってきた。

小さいが、動き回る生き物の出現に気持ちの浮き立ったチョン氏は、そのネズミと遊びたくなり素早く鼠穴を塞いだという。監房から逃げられないように……。

命懸けで脱北者の手助けをしているチョン氏に対して韓国政府の関係者がまったく関心のない態度で一貫している中、中国奥地の取調室では毎週のように彼と向き合う一人の中国人検事がいた。

朝鮮日報のパク・ジョンイン記者がチョン氏にインタビューした当時の記事の一部を紹介しよう。

検事：この仕事をお前に指示した人は誰なんだ。
罪人（チョン牧師）：誰からも指示は受けておりません。同じ民族として心が痛むので助けるだけです。もしあなたも台湾人の物乞いに会ったら黙って行き過ぎることができますか？　また、物乞いを助ければ、その行為が罪に問われますか。
検事：馬鹿を言うんじゃない。非法越境者幇助罪、第三国逃避幇助罪、不法宗教活動罪にあたるぞ。助けたいって？　信じられない。教唆したものは誰だ。
罪人：神様です。
検事：神様がお前にどうやって指示した？
罪人：聖書に記してあります。孤児とやもめ、放浪者を助けたまえと。脱北者が孤児であり、やもめであり、放浪者です。
検事：……I see. You are a good man！

その中国人検事は突然、親指を立たせて「You are a good man」と言い、チョン氏と握手を交わした。チョン氏は検事に名刺を渡した。
そうこうして8か月間の収監生活を送っていた彼は、米国議会の釈放決議案のバックアップもあってか、拘束から解放され韓国へと追放された。

人の運命は不思議なものだ。チョン氏は語る。

「韓国に戻ってから4か月経った2002年12月に中国から一本の電話がかかってきました。中国から追放される直前まで刑務所で向き合っていた検事に『機会があれば韓国で一度お会いしましょう』と言ったことがある。

その言葉を忘れずに韓国に訪れたいという検事からの電話でした。逮捕した脱北者を北朝鮮に強制送還することができ、私を死刑にも無期懲役にも提訴できるその中国検事が、韓国を訪問したいと伝えてきたのです。

私は半信半疑でした。韓国入国の当日、空港に出迎えに向かっていた私は複雑な心境でした。これを嬉しく思うべきか、はたまた中国でのことを思い出すと復讐するべきか。こうして検事は我が家で1週間滞在してから中国に帰りました。翌年4月に再び連絡がきました。『ニュージーランドに留学したいので協力してほしい』と。私が『韓国に留学した方がいい』と勧めたら彼は本当に韓国に来たのです。そして高麗大学校大学院に入学し、我が家でいっしょに暮らすようになりました。

その年の8月に中国に留学している娘が夏休みを利用して韓国へ帰ってきました。中国語の堪能な娘が自宅に滞在していた検事を毎日のようにあっちこっちに連れていき、観光案内をしてあげました。

夏休みも終わり、娘が中国に戻った翌日、検事は真剣な顔で『娘と友達になりたいです』と言ってくる。快く承諾したら、むしろ落ち着かない様子になり、『実は娘と結婚したい』と言う。『友達として娘と付き合うのはいいけど結婚は許せない』と言ったら、慌てながら『なぜ結婚はできないのですか』と反問するので、『娘は牧師との結婚を希望している』と言ったら彼は躊躇せずに神学校に入学すると誓ったのです」

2006年9月、罪人の娘と中国人検事とは結婚することになる。チョン氏は「でもやっぱり婿に騙された」と言いながら笑った。

「神学校に入学し牧師になると誓った婿は検事を辞めて会社に就職しました。韓国大手企業の北京支社で勤めた後、現在はソウル本社で勤めています。

牧師になる約束を守っていないことについて文句を言うと、婿は『お金をたくさん儲けてお父様の脱北者支援活動を助けます』と。牧師たるものは自らの使命を意識すべきなので、いつかは約束を実践するだろうと思い、それを信じて待っています」

現在、大手企業ソウル本社に勤めている婿は、週末になると必ず妻（娘）と子供たち（孫）を連れてチョン氏夫妻に会うため教会を訪れるという。

脱北者の子供たち

２０１７年末までにチョン氏は１１５０人もの脱北者を手助けしてきた。この活動を始めた頃は脱北者に疎まれて辛い思いをしたと言ったが、現在は？　と尋ねると思いも寄らぬ返事が返ってきた。

「社会主義国家で暮らしていた人々は、そのほとんどが『感謝』という言葉を知らないのです」

驚く私に対してチョン氏は次のように説明してくれた。

「しかし子供たちは違います。北朝鮮生まれの子供たちと、中国に売られた脱北女性たちが産んだ子供たちは、今は小学生や中学生になっています。彼らを韓国に連れてきて言葉と音楽を教えながら教育すれば、勉強にも熱心になり人としての品性も大きく変わります」

２００９年にチョン氏は『ドゥリハナ国際学校』を設立した。開校の理由を聞くと、

「脱北者への支援活動を続けているうちに、北朝鮮の主体《チュチェ》思想に染まっている大人たちの考え方を変えることは、ほぼ不可能なことに気付きました。

北朝鮮の思想に洗脳されている大人たちに社会性や人間関係を改めさせることはたいへんな難題です。死ぬまで変わらない人も多いと思います。しかし子供たちは違うのです。『教育』によって変えられます。教育こそ最も重要です」

不思議だったのは「国際学校」という名前だ。理由を聞くと、

「子供たちは北朝鮮に生まれてから中国で傷つき、また韓国に来てからも傷ついています。それぞれの国で苦しい経験をしながら成長している。でも、親から捨てられたり自由を奪われたりしながら生きてきた子供たちは、瞬発力があり臨機応変です。

だからこそ生き残っているのかもしれません。この子たちは思慮深いです。重ねてきた辛い経験により普通の子供よりませています。そして、その辛さを乗り越えるために彼らには夢を持たせることが何よりも大事なことです。

大望を持ち将来はリーダーになってほしい。リーダーにはコミュニケーション能力が必須です。だから英語を必須科目、中国語と日本語を選択科目として教えています。また世界の文化も知るべきです。世界中の人々と付き合うことを願って国際学校と名づけました」

普段はさほど表情を変えずに語るチョン氏だが、子供たちの話になると熱弁をふるう。表情も優しく変わる。話も延々と続く。

「私は韓国の親たちのように子供たちに対して『1等になれ』とは言わない。『感動を与える人になってほしい』と言います。

陸上競技にたとえれば、立派な体の持ち主で怪我も故障もない人がいい加減に走る姿と、体の不自由な人が頑張って最後まで走りきる姿ではどちらが観衆に感動を与えるでしょうか。

人間は最善を尽くす人を目の前にすると感動します。脱北子供たちはスタートラインにおいて、

すでに経済的にも環境的にも恵まれていない状況です。脱北の際に親を失ってしまう子供たちも少なくない。

自分の置かれている現況で最善を尽くすことで他人に感動を与える人になってほしいのです。捨てられ傷つきながら自ら生計を立てなければならない子供たちにとって、分かち合い助け合う生活はぎこちないものです。ドゥリハナに来た子供たちは最初はお互いに協力し合うことを嫌がります。みんな自己主張が強いので常にケンカにつながる。

どうすればうまくいくんだろうと真剣に悩んだあげく合唱団を作りました。合唱は自分の声だけを上げてもハーモニーが成り立ちません。最初の合唱は酷いものでした。

歌っている様子を動画に撮って子供たちに見せました。次にプロ合唱団のすばらしい合唱の動画を見せました。両方の合唱を聞いた子供たちは驚いた様子でした。それ以降、子供たちは自ら進んで猛練習に取り組むようになりました。

合唱団を結成した当初は一人ひとりが自分勝手に歌ったのでかなりうるさかったです。

その様子を見ていたある人が『ワグルワグル合唱団』（ギャーギャー、ビービーとうるさい合唱団）というニックネームをつけましたが、私はそのネームがとても気に入って今でも『ワグルワグル合唱団』と呼んでいます」

チョン氏は満面の笑顔で語ってくれた。

「合唱団は2014年3月にソウルで開かれたアジア・リーダーシップ・カンファレンスで歌い、

国際社会の政治指導者らから褒められました。30人の合唱団全員の声を揃えつつ綺麗なハーモニーとするためには自分の声が目立たないようにしなければなりません。ハーモニーが一番大切なポイントです。韓半島が統一するためには北も南も自己主張を抑えるべきだと思います。合唱も、韓半島の統一も、自己主張を抑えつつハーモニーを優先することが最も大事なことです」

合唱団の子供たちは適応力と集中力がとても優れているとチョン氏は言う。彼らは韓国の歌のみならずポップソングも歌っているが、英語が苦手だ。

だがアメリカ人のボランティアがドゥリハナ国際学校に来て英語を教えると、子供たちは熱心に勉強しているそうだ。

2016年9月にワグルワグル合唱団が青瓦台《チョンワデ》（韓国大統領官邸）からの招請を受けて朴槿恵《パククネ》大統領（当時）を前にして歌うと子供たちの清らかな歌声に朴大統領は涙を流したという。

さらにチョン氏は未来の世界的リーダーの育成を目指し、毎年、子供たちを連れて米国大陸を2週間にわたって横断する旅に出る。

「これは我が子たちにも施していない旅行ですよ」とニコッと笑った。この旅行に参加した子供たちは、その後、確実に大きく成長し、世界を見る目が変わったという。

脱北者へ、そして韓国の人々へ

3万人の脱北者を抱えるまでになった韓国政府に対してチョン氏はこう苦言を呈する。

「韓国には脱北者を受け入れるシステムがまだ整っていないのに脱北者は後を絶たずに押し寄せてくるわけです。米国では難民を受け入れる際にとても合理的なシステムで進められます。まずお金は与えず自らお金を稼ぐ方法を教えます。難民に直接、お金を与えるよりも自立させることに予算を使う。最初の6か月間、暮らせる家を提供し、フードバンクカードを支給して自らの努力で生活できるようにします。

しかし韓国ではどうでしょうか。定着支援金以外にも生活保護費として毎月50万ウォンが支給されるので、脱北者は北朝鮮での生活に比べて短期間のうちに大金が得られます。

これでは誰もが一生懸命に働く気を失います。私の周りでも最新型テレビや大型冷蔵庫を購入し高級酒を飲んでいる脱北者が大勢います。500万ウォン分の宝くじを購入する人や麻薬を手に入れる人もいる。

職に就いてからも、仕事が少しでもきつければすぐ辞めてしまいます。自ら努めて成功した人は脱北者全体のうち3％にも満たないのです。

だからといって韓国の人々も韓国社会と同じレベルで脱北者を取り扱おうとすることはやめてほしいです。彼らのほとんどは韓国社会ではまだ赤ちゃん同然です。報道機関も、彼らに少し問題があるにしても優しく見守ってほしい。

脱北者3万人をしっかりと韓国社会に定着させるためには、じっと忍ぶ心構えを持つべきだと思います。

そういう意味では韓国人も脱北者を通じて社会主義を理解し、将来の統一に向けて準備していかなければならない。理性的にアプローチしながら温かい心で配慮してほしいです」


2回目のインタビューのためにチョン氏の事務所を訪れた日、彼は地べたにしゃがんで幼い娘と遊んでいた。脱北した女性社員の子供だ。私と挨拶を交わしながらも1歳の女の子と遊んでいるその姿は、子供が好きでたまらない様子だった。

命懸けで脱北者を手助けしてきた勇士の凛々しい姿はどこにもない。子供の背丈に合わせて丸くしゃがんでいる背中をそっと触ると温かい人間味が伝わってきそうだ。

北朝鮮スパイから何度も殺害の脅迫を受けながらもこの活動を止めることなく続けているチョン氏は、多くの脱北者にとっては「神様」そのものかもしれない。

在日朝鮮人の孫娘キム・ミョンジュの孤独

彼女、キム氏の家族は韓国現代史の渦巻きの中で翻弄されてきた。祖父母は大阪で暮らしていたら、後に鳥取県に移住した。

本来、祖父の故郷は韓国済州島《チェジュ》だったが、日本植民統治時代に大阪に移住し朝鮮総連に入会する。韓国系の民団ではなく朝鮮総連に入会した理由は、当時の北朝鮮は韓国より経済的に豊かだったからだという。

日本では1959年から在日朝鮮人とその家族を対象に北朝鮮への永住帰国を促す帰還事業が大々的に行われていた。この帰還事業によって1984年までにおよそ10万人に上る人々が新潟港から海を渡って北朝鮮に帰った。

日本における生活苦と朝鮮人に対する差別からの解放、そして子供たちによりよい教育を受けさせるために多くの人々が北朝鮮を目指したのだ。

祖父も新天地を求めて70年代に家族全員を連れて万景峰《マンギョンボン》号に夢を託し北朝鮮の清津《チョンジン》へ向かう。父が14歳のときだった。帰還してからしばらくは祖父が大手企業の幹部に配属されたおかげで豊かな生活を送っていた。

祖父は幼い頃のキム氏に、よく日本について話してくれた。力道山のことを自慢げに話したり、日本の童謡を歌ったりもした。また日本式のしつけの教育も忘れなかった。

「常に正直であること」「人間としての道理をわきまえること」「不義と妥協をしないこと」を祖父母から耳にたこができるほど聞かされる。さらに「人に迷惑をかけるな」「もったいない精神を持つこと」の重要性も繰り返し聞かされる。

周りの友達からは「チェポ」（在日同胞を略した言葉）と呼ばれていたが、最初は憧れの対象だった。時々、日本にいる親戚からいろいろな品物が届くと、すぐ噂になって近所に広がる。隣人たちは衣類用の防虫剤まで「いい香りがする」と羨ましがるほどだった。

1993年頃から状況が一変してきた。北朝鮮は「苦難の行軍」の時期に入り、米などの配給が滞り、ますます生活環境が厳しくなってきた。

18歳のとき、北朝鮮の大学（韓国の高校課程に当たる）で勉強していたが、生活苦に我慢できず従妹とともに北朝鮮からの脱出を計画。

1998年9月に豆満江《トゥマンガン》を渡る。ただただお金を稼ぐための密入国だった。

中国の丹東《たんとう》市で犬肉料理の専門食堂を経営している朝鮮族社長に雇われたが、安い給料にくらべて仕事は厳しい。従妹が韓国企業の中国支店に就職すると同じ職場で勤めている韓国人を紹介され同棲を始めた。

赤ちゃんを身籠ったキム氏は夫とともに韓国へ行くことを決心した。身分の保証されている夫はいつでも韓国へ行けるので、まずは彼女が先に韓国入りを計画した。

妊娠7か月目になる頃の2000年5月に夫を中国に残したまま密航船に乗った。小船の床下に隠れたまま出港はしたものの、荒波に船が揺られている間はずっと吐き続けた。突然、軍靴の音がする。荒波に流れてしまったのか北朝鮮の領海に入ってしまったのだ。

新義州《シニジュ》の保衛部に逮捕され、そのまま病院に連行される。病院の医師は妊婦の腹を撫で擦りながら胎児の頭部を探り当てるとそこに毒注射を打った。羊水の中ではまだ胎児が動いていた。

およそ4時間後、下血《げけつ》とともに胎児が滑り落ちてきた。

母親として何にもできなかった。彼女が釈放されたのは2000年6月に行われた南北首脳会談を記念した特赦のおかげ。だがもう赤ん坊を死なせた国で暮らすわけにはいかない。再び国境を越えた。

中国滞在中の夫と再会してから再び子供を授かった。今度は妊娠8か月の早産で脳性麻痺の障害を持つ男の子。息子の治療費を稼ぐために韓国人を相手に観光ガイドの仕事に勤めた。

脱北者の立場としては危ない仕事だが、子供の治療費を稼げる高収入源だったのでやるしかなかった。脱北者の取材に訪れた韓国の新聞記者をガイドしたこともある。取材期間中に一人の記者と親しくなる。この人なら信頼できると思いすべてを率直に打ち明けた。

「私と子供の身分が保証されていないのでとても不安です。韓国へ行って息子の治療を受けさせたい」と頼んだ。

最愛の息子を置いて韓国へ

月日は流れ、息子のソンホ君（仮名）は7歳になっていた。手足が思うように動かず四つん這いで歩く。中国ではまともな治療が受けられないためキム氏は人生最大の賭けに出る。自分が先に韓国へ行き、生活基盤を作ったら家族全員を韓国に呼び込もうと。韓国へ行く目的はただ一つ。息子の治療のためだ。治療が受けられるなら何でもする覚悟だった。

キム氏は息子と約束した。

「60日だけ待っていてちょうだい。必ず迎えに来るから」と。

泣かないで待っていると約束した息子だったが、中国を離れる前日になって荷造りをすると母親のところに四つん這いしながら猛スピードで這い上がってきた。

「ぼくをこのスーツケースに入れて連れて行ってよ。なぜダメなの？」

ソンホ君は泣きながら何度も叫びだした。泣き疲れて母親の腕の中で眠っているソンホ君の顔を撫でながら「この子を連れて行ったとして、万が一、私が韓国へ行っている間に何か問題でも起きて捕まってしまったら、この子はどうなるんだろう」と思うと胸が張り裂けそうだった。

その夜は一睡もできなかった。

息子のソンホ君に負い目がある。ソンホ君は8か月目の早産だった。息子が脳性麻痺になったのは中国の病院の医療ミスに違いないと思っている。

ソンホ君を出産する際、インターンが赤ちゃんを受け取った後に医師がインターンを厳しく叱っている声が聞こえてきた。

「胎児が酸素不足だったのに、なぜ帝王切開の手術をしなかったのか」

長期にわたって中国で生活していたので、ある程度は中国語が理解できていた。しかし不法入国者の身分の母親が病院を訴えることはまず不可能だった。

キム氏は自分の無能によって息子に障害を持たせたと思い込んでいる。

何事があっても息子には明るい将来を作ってあげなければならない。キム氏は韓国の新聞記者の協力でタイに渡り、タイの収容所でチョン牧師に出会う。中国に残っている夫とはケンカの多いこともあり、自然と疎遠となった。

チョン牧師との意外な初対面

2007年12月にキム氏は脱北者を収容するタイのシェルターにいた。そこで初めて脱北者を手助けしているチョン氏に出会った。彼の最初の言葉は、

「美人ですね。金正日《キムジョンイル》の喜び組だったのでしょう」

キム氏はとても驚いた。北朝鮮の喜び組とは金正日と彼の側近に対して遊楽奉仕の役割のために組織した18歳から25歳までの美人少女の集団だ。

喜び組は「金正日の女」という好ましくないイメージをもつ。

――こんな酷いことを言う人が牧師だなんて信じられない。なんて失礼なことを言うんだろう。

生真面目な彼女が、そういう軽口めいたことを韓国男性の間ではふだん冗談で言うことを知ったのは韓国で暮らし始めて数年が経過してからのことだった。

チョン氏の助けにより韓国で暮らすようになった彼女だが、あれほど憧れていた韓国で暮らしているにもかかわらず、しばらく孤独な日々が続いた。

夕方に仕事を終えて明かりのついていない部屋に一人で帰ってくる。温かい明かりがついている多くのアパートの窓からは家族の笑い声が聞こえてくるような気がした。

両親と妹は北朝鮮に残し、夫と脳性麻痺の子供は中国で暮らし、自分は不慣れな仕事や韓国社会の複雑な人間関係に馴染めず一人ぼっち。孤独感は益々深まるばかりだった。

韓国国籍を取得したので捕まる不安感は消えたが、この時期が人生で最も寂しい7か月だったと振り返る。

お父さんが恋しがる故郷

韓国に入る前にタイのシェルターで出会ったチョン氏に「祖父母の故郷が日本だ」と言ったら、もし日本行きを希望するなら手助けすると言われた。

日本で帰還事業が行われていた際に祖父母が日本で使用していた家財道具すべてを北朝鮮に持ち帰ってきたことを覚えていた。大きいミシンから小さい爪切りまで。北朝鮮のモノとは比べ物にならないほど上品だった。

それを目の前にした当時のキム氏は「日本の技術は100年以上も進んでいるのではないか」と思ったほど立派に見えたそうだ。

韓国行きか日本行きか、すぐ決められず悩み続けたあげく結局、息子のために日本行きを諦めた。日本で暮らすための住宅もなければ脱北者のために日本政府から支給される補助金もない。早急にお金を稼ぐ必要もある。

病で苦しんでいる息子の治療のためにも韓国行きを選択せざるをえなかった。

幸いにもチョン氏と出会い、自分の人生は、もちろん息子の人生までも救われた。

彼がつなげてくれたある企業と病院の支援により、ソンホ君は手術も受けられ、リハビリ治療も受けることができた。いつもキム氏が背負いながら小学校に通っていたが、今では補助器具を用いると一人でも学校へ通えるほど元気になった。

2016年には日本へ行く機会に2度も恵まれた。チョン氏が日本での行事に他の脱北者社員といっしょにキム氏を同行させたのだ。大阪と東京に訪れたが、本当に楽しかった。

「日本へ行ってみたら人々の礼儀正しい姿に感動しました。目に映るすべてのものがかわいらしくて、華やかさはないが、すべて秩序があって整然としていました。地下鉄の中では我々一行が一番うるさくて。後で恥ずかしかったのです」

と照れた笑顔を見せた。

北朝鮮で暮らしている両親のために年に1回か2回、中国ブローカーを通してお金を送金する。自分で働いて稼いだお金だ。母とはそのブローカーを通じて時々、電話で話し合うけれど、いつも送金援助に対してとても感謝されている。

かつて父が北朝鮮で占ったことがあるが、当時の占い師から「将来、あなたは長女の親孝行で幸せに暮らせるだろう」と聞いたことがあるそうだ。父はそのことが現実になったと大いに喜んでいると母から聞いた。

「いつかは父のかわりに父の恋しくてやまない鳥取に必ず行ってみたいです。父からは鳥取の美しいビーチで遊んでいた思い出話を何度も聞かされたので、どこに行けば何があるのか、すべて頭の隅に刻まれています。父に『お父さんの故郷へ行ってみたよ!』と報告できればどんなに喜ぶだろうか」

人は自分の幸せを自らの手でつかむ。しかしどんなに自分の力で幸せをつかもうと頑張っても、どうしても乗り越えられない大きな壁にぶつかったときは天運にゆだねるしかない。キム氏は奇跡的にチョン氏に出会ったことこそ不幸から幸福へと人生が逆転した天運だったと思う。

仮に彼女がチョン氏に出会えなかったなら——想像するだけでも悪夢だ。

キム・ヨンファの苦難

脱北者の間でも現在は脱北ブローカーを務めるキム・ヨンファ氏の脱北ストーリーは伝説となっている。

北朝鮮から脱出後、長い歳月を中国とベトナムで放浪した後、辛うじて韓国に辿り着いたものの中国で作ってもらった偽の身分証が枷《かせ》になり北朝鮮の人民として認められず、日本へ密入国した。逃げ続けてきた距離はおよそ8000キロ。

「生き延びる」ために頑なに韓国行きを希望するがその道は険しかった。

数々の試練を乗り越えて孤独に暮らしてきた分、脱北者の中でも最も弱者である非保護脱北者（韓国政府から保護・支援の対象者として認められない人）のために生きていく道を選んだ。

海に投げたペットボトル

キム氏はお米を入れたペットボトル200本を北朝鮮に向けて海に流す作業を2016年3月から毎月2回以上実施している。ペットボトルが潮流に乗って北朝鮮まで流れ着き、貧しい人たちがそれを拾って食料の足しにしてくれることを望んでいるのだ。

風船にチョコパイを入れて北向きの風に乗せて飛ばすこともしている。誰かに届けば甘いチョコパイが食べられる。北朝鮮にはよい薬がないため、薬を入れて飛ばすこともある。

風まかせのとんでもない話だが、実際に北朝鮮に届いて彼らの役に立っているのだろうか。疑問に思いキム氏に聞いてみた。

「100％届きます。私たちは何月何日に海に投げたら確実に北朝鮮の海岸まで届くのかしっかり把握しています。確率の高いこの活動はずっと続けます」

支援の資金については「すべて個人からの寄付金でこの活動を続けています。寄付以外にも私が講演した講演料やテレビなどのマスコミ出演料も支援の資金になります」と話す。

インタビューの日は2016年の年末。脱北者300人と地域住民50人を集めて忘年会を開く準備があり、寄付をしたい人からひっきりなしに電話がかかってきた。

タオル、自転車、お金など、寄付の内容はさまざまだ。

キム氏自身は北朝鮮で生まれ、鉄道乗務員として活躍していたが、ある事件をきっかけに脱北し、中国での潜伏生活を送った。

1998年に不法入国者という名目でベトナムのハイフォン収容所で2年、ラオスで9か月、韓国収容所でおよそ2年半、日本の長崎・大村入国管理センターでおよそ2年間収監された。その後、多くの日本人後援者の活動によって釈放され、韓国行きを選んだ。

現在、韓国で脱北難民人権連合の代表を務めている。過去10年間人権を考える他の人と協力して

6000人以上の人々を中国経由で脱北させたという。脱北者の父と呼ばれるキム氏の携帯電話には、「一日でも早く韓国へ行きたい」とSOSを送る人たちが後を絶たない。

脱北し中国で1年間、放浪しながら南へ南へ歩く

北朝鮮では軍人や教化所（刑務所）指導員を経て、その後咸興《ハムフン》駅鉄道乗務員として「2号列車」と呼ばれる軍用列車で働いた。1号列車は金日成と金正日が搭乗する専用列車で、2号列車は党の指示で動く軍用列車である。

1988年、2号列車の7両が転覆する事故が起きた。老朽化で起きた事故だが、労働党に従順ではないという罪で裁判を受けることになった。

単純事故にもかかわらず妻の家族の思想まで調べられ、何回も自己反省文を書くように強要され上司と衝突。上司を殴ったが、北朝鮮では党の幹部を殴ると殺される。一晩中、悩み自殺しようと決心する。

しかし当時、北朝鮮では自殺をしても国家反逆者扱いされたため、家族にまで被害が及ぶのを心配し、せめて家族が知らないところへ行って自殺しようと決めた。拳銃一丁と党員証を携帯し平壌・惠山《ヘサン》行きの9号列車に乗って両江道《リャンガンド》の惠山へ行った。

そこでは川の向こうに中国側が見えてきたので、どうせなら中国で死んだ方が誰にも気付かれな

いと思い、1988年7月25日の夜10時頃に鴨緑江《アムノッカン》を泳いで渡った。

いざ渡ってみたら、この土地では放浪生活をしても生きられると思い、自殺の考えは留まった。当時は中国と韓国は国交がなかったので韓国へ行くことは夢にも思わなかった。

そこから長い放浪生活が始まる。

最初に吉林《きつりん》省の通化《つうか》市に着くと、駅前に自分の顔写真が！　拳銃所持の罪を名目として北朝鮮側が中国に指名手配の要請をしたためだ。もうこれ以上、列車は乗れないと思い、あてもなく歩き始めた。

「中国語ができないのでいっさいしゃべらず、乞食の真似をしてパンくずをもらいながら南へ南へと歩きました。何か月も顔も洗えず髪の毛も肩まで伸びました。汚れた服から悪臭が漂うから中国人が近寄らないのはもちろんで、中国の公安からも無視されたんです。きっと彼らは乞食か精神障害者だと思ったのでしょう。吉林省、遼寧《りょうねい》省、河北省、そして雲南省の昆明《こんめい》と、ひたすら両足を頼りに歩き、さらにはベトナムまで、およそ2万キロを歩きました」

ベトナムの国境を越えてからすぐ捕まえられる

中国から約1年をかけて国境を越えてベトナムまで到着したが、数時間も経たないうちに警察に逮捕された。ベトナム人は背が小さく小柄だが、キム氏は背が高く北朝鮮の軍隊で鍛えて体がガッチリしていたため、不審に思った誰かが申告したのだ。

「警察に捕まえられたが、あまりにも汚い恰好だったので体は調べられなかったんです。警察のオートバイに乗せられて警察署まで行く途中に『小便がしたい』と合図を送ったらオートバイをとめてくれました。そこから一目散に逃げたが、警察が銃を発射し威嚇したため、初めて北朝鮮から持ち歩いていた拳銃を『パーン』と一発発射したんです。

そこから山道に隠れてべったり横になり息をひそめていたんですけど、体の匂いのせいなのか多くのトカゲが体の上を右往左往したんですよ。でももうそんなのちっとも怖くありませんでした。暗くなってから動き出して、それから1か月をかけて駐ベトナム韓国大使館へ辿り着き、亡命申請をしました」

しかし指名手配犯の身分であるため、外交摩擦を避けたい韓国政府は直接的な助けは不可能であると断った。そこで拳銃と党の証明書を差し出し、その代わり3500ドルを旅費として使ってほしいと渡された。そうして韓国への密入国を試みる。

「韓国の貿易船が入ってくる港はどこかと大使館で聞いたら、参事官がハイフォン市の港であると教えてくれたんです。ハイフォン港で体にチューブをかけて400メートルぐらい泳いで韓国の国旗が掲げられていた貿易船を探し、密かに船の上へとよじ登ったんです。船のどこかに隠れて密航するためでね。でも高い船を一生懸命によじ登ったら、なんとそこにベトナム警察二人が銃を構えて待っていたんです。驚きました」

そのまま逮捕され刑務所に入られた。2日後に北朝鮮の大使館から人が訪ねた。

「いきなり足でお腹をパーンと蹴ったんです。

『民族反逆者キム・ヨンファは地球の果てまで追っかけて殺してやる！』と言って。

汗がざっと流れました。でも幸いだと思ったのは、その当時ベトナムから北朝鮮まで行く飛行機は月に2便だけだったんです。次の便まで2週間待っている間、偶然、体を動かすことが許される運動時間に外へ出たら大きな釘が落ちていたのでそっと拾ったんです。平壌行きの飛行機に乗る直前、自分の心臓を刺すために。毎日それを刑務所の中で鋭くするために先を擦ったんですよ。イヤ～こんなに辛いことありゃしないです。自分が自分の死のために使う道具を毎日擦る作業を繰り返すとは」

飛行機が飛ぶ3日前に、うっぷんを晴らすために、弁当を運んでくれる警察官の頭をお弁当箱で思いっきり殴りかけた。警察暴行罪として2年宣告を受け、北朝鮮行きが延期され、命が2年間延長される。

ところが、言葉が通じないので監獄で指示されることをもくもくと処理していたら、模範囚として認められ刑期が短縮されてしまった。それは北朝鮮に送還される日が近づくことを意味する。そしてある日、運動場の掃除を担当している間、収監されていた刑務所を脱出！

北朝鮮送還15日前のことだった。

再び中国を横断し、今度こそ韓国入りへ

ベトナムの国境を越えて中国の南東部の海岸にそって山東省海陽市《かいよう》まで歩いた。1995年のことだ。道を歩いていたら韓国から新婚旅行で来ていた若い夫婦がいた。

夫婦に近づいて土の上にハングル文字で書く。

「北朝鮮からきた者だが助けてほしい」

「どのように助けたらいいのか」

「小さな船を買ってほしい」

その夫婦がお金を出してくれた。その恩は一生、決して忘れない。そのお金で0・3トンの小さな船を買い、中国で山東パンと羅針盤そして防水ビニールを購入。6月の海の水温は昼間は高く、夜になると冷える。

一晩でビニールに溜まる夜霧はカップ3杯ほどの飲み水となる。18日間、櫓《ろ》を漕いで95年6月25日、韓国忠清南道《チュンチョンナムド》安眠島《アンミョンド》に到着し、警察に自首した。

北朝鮮を脱出して7年ぶりの韓国入り！　だがすぐに北朝鮮のスパイ、または不法入国者の疑いで国家情報院の取り調べを受けてから、外国人収容所と拘置所で収監生活を送ることになった。

調べられてもスパイの証拠は出なかったので安心したのも束の間、それから2年あまり韓国の土

を踏むことができなくなることを、当時はまったく想像もしなかった。

マスコミで取り上げられ、多くの人が嘆願書に署名をし裁判所に提出したが、キム氏が入国する際に持っていた偽造身分証が邪魔をしたのだ。

生き延びるために大金を払って中国で偽造した住民登録証のせいで、中国人として処理されることに——。

逃れるためにはそれが偽造だということ、また中国国籍を獲得していなかったことを証明することが必要だが、駐韓中国大使館と駐中韓国大使館に依頼したキム氏の身元確認作業は2年過ぎても何ら進展がなかった。

中国に身元確認をすること40回余り。22回の裁判——。その間、病気になっても医者にも行けなかったのであまりにも苦しかった。資本主義の国では金がなければ健康に生きることも難しい。

弁護士たちは、「我々がどんなにあなたを助けたいと思っているかわからないのか。中国政府が脱北者だという確認をしてくれないのでどうしようもないのだ」

それを聞いてキム氏はもう限界だと感じた。

「『法律通りに』を叫ぶ当局の前で『こんなことになるなら板門店を通して北朝鮮に送り帰せ！』と叫んでも問題解決の糸口が見えなかったんです」

キム氏は思った。

――韓国から立ち去ろう。世界のどの国に行ったって事実を証明することはできるはずだ。

そこで日本への密航を決心する。

98年4月中旬頃、小さな船を手に入れる。キム氏の状況を知っている韓国のシスターたちが募金をしてお金を工面してくれ、1000万ウォン（約100万円）を渡してくれた。

キム氏は350万ウォンで小型動力船を購入し、羅針盤とともに再び一人で航海へ出た。

日本の大村入国管理センターへ

98年4月19日、波も荒かった日に全羅南道《チョルラナムド》の南海岸にある小さな漁村の珍島《チンド》から日本に向かって船を進めた。死ぬにしても人の手にかかって死ぬのは大嫌い。無謀は承知の上だったが、キム氏は海へ向かった。

最初に上陸したのは沖ノ島。このときの様子は後に自ら著した『ある北朝鮮難民の告白』に詳しく書かれている。最後の行にはこうある。

「日本での三年近くにわたる生活が、このとき始まった。皮肉なことだが、私は幼少時代から聞かされてきた〝サムライの国〟に、最後の望みをかけていた」

しかし人生のサイコロはとんでもない方向へ転がっていく。

海上保安庁の職員に見つかったキム氏はさっそく福岡拘置所に移送され、その後、約3年間を日本で過ごすことになる。そのうち2年間は「大村入国管理センター」の収容施設だった。

キム氏は日本語ができないため通訳が付くが、これがまた下手な通訳だ。一日の調査が終わると調査内容を確認して拇印を押す。陳述書の記述もでたらめだ。

たとえば日本に来た目的にキム氏は「北朝鮮から政治的避難のために来た」と言ったのに「日本が金持ちだから来たようなものだ」と記録してあるなど、散々苦労する。

さらに大村入国管理センターに韓国から送られてきた書類ではすべて、キム氏が中国人であるということになっていた。あらゆることが状況をもっと悪い方向へもっていく。

2年間、太陽を一度も見られない環境の中で、極度のストレスで目の前が何にも見えないほど視力が悪くなり血圧も高くなった。

そういう地獄のような状況の中でもキム氏は日本を天国だと思った。それには理由がある。

「僕は福岡や長崎の市民グループらによる支援活動があったから助かりました。日本政府に政治難民の申請を行い、難民として認められることを希望していましたが、政府の頑なな対応により不認定とされ、それを不服とする裁判を福岡地裁で起こしていたのです。日本人の弁護士や一般人が『キム・ヨンファを支える会』を作って本当に一生懸命、助けてくれました。日本人の方々にとても感謝です。サムライの子として生まれ変わりたいぐらいです」

そのおかげで2000年3月に大村入国管理センターを「仮釈放」され、支援者が提供してくれた福岡市内の仮住まいのアパートで1年近くを過ごした。その後、事なかれ主義で進んできた裁判は思わしい展開を見せず、キム氏の訴えは棄却される可能性が強まった。

一時的に執行停止されていたとはいえ、一度は強制送還の令状が発布された身である。裁判でも日本政府側は、あくまで彼が中国人であるとの立場を譲らなかった。

訴えが棄却されると、いずれ中国に強制送還されることが予想されたので支援者らはその事態を最も恐れた。

中国と北朝鮮との間には脱北者の取り扱いに関する協定が交わされている。中国に送還されればそのまま北朝鮮に戻され、処刑される可能性が高かった。支援者らは水面下で韓国政府とコンタクトをとり、再度、韓国で受け入れてもらえないかとの交渉を始めた。

結果が出たのは2001年1月末。金大中《キムデジュン》政権は受け入れてもいいと回答してきたのだ。ただし日本での裁判を取り下げるなどの条件が付せられた。約1週間後、キム氏は支援者らに見送られ、2002年5月、正式な脱北者として認められ韓国国籍を得て韓国入りを果たし、今ソウルで暮らしている。

脱北して14年をかけた末にやっと韓国に定着

韓国に着いてからさっそく住民登録証を発給してもらった際に、嬉しさより寂しさがこみ上げてきた。これ一枚を受け取るために14年間も悲惨な放浪生活を送り、7年間も刑務所や収容施設で暮らさなければならなかった。

韓国と日本でどれほど裁判を受けたのか。韓国に着いて何をするか考えた。

「分断国家で生まれた自分の宿命を考えました。韓国で国籍を取得するために14年もかけてきたし、収容所で受けた数々の暴言と非人間的な扱いの苦痛を乗り越えてこられたのは、自分を支援してくれた人々のおかげだったんです。何回も、死んだのも同然だった私を生き返らせてくれた日本の人たちへの感謝は、言葉で表現できません。今も宝物として保管しているのは、日本人支援者から送られた手紙780通です。一生懸命、韓国語を覚えて韓国語で書いた手紙もあります。生きる力を与えてくれた日本人たちに恩返ししなければならない。それなら僕が同じ境遇にある我が民族の脱北者を助けなければならない。その苦しみを最もよく理解しているからです――」

韓国に戻ってから各団体に呼ばれて公演をする機会も増えた。キム氏はこう語る。

「私を人間として最後に救ってくれたのは日本の人権団体や日本に住む人々だった。私は『祖国探し』を長年、続けて日本人のおかげで14年ぶりに韓国に『安住の地』を得ることができたのです。歴史上の日本ばかりを見るのではなく、もっと現実の日本を見るべきです」

キム氏は北朝鮮、中国、ベトナムという3つの社会主義国を経て韓国、日本という2つの資本主義国で暮らしてきた。その経験から言えるのは、体制のいかんによらず、「国家の役人というものは弱者に冷淡だ」ということ。

それを身に染みるほど体験してきたから、今は弱者の脱北者の救出に力を入れている。

中国では脱北者のための避難所を4つ運営している。その資金はキム氏の活動を知っているオーストラリア人、また中国へ進出している韓国企業が寄付してくれている。

現在その避難所から、多いときは月10名ぐらい、少ないときは1、2名を中国ブローカーに頼んで、メコン川を越えてタイに行くルートを利用して韓国まで脱出させる。脱北費用は最低限の費用を脱北者からもらい、後は支援金をあてる。

脱北希望者からの救助要請はキム氏が代表を務める「脱北難民人権連合」のホームページにアクセスする人もいれば、真夜中にコレクトコールで電話をかけてくる人もいる。多いときは電話代だけで月25万から30万ウォン（約2万5000円から3万円）にもなる。

中国からが多いが、北朝鮮から直接、電話がかかってくるときもある。

非保護脱北者を助ける

現実的には命を懸けて韓国まで辿り着いた脱北者が全員、保護されるわけではない。韓国に入国が許可され韓国国民になったものの、保護支援の対象者としては認められない脱北者たちを「非保護脱北者」と呼ぶ。

非保護脱北者の実態については、VOAニュース（2015年11月12日）が詳細に記述している。

「非保護脱北者とは韓国に入国した者の中で国際刑事犯罪者および殺人など重大な政治的犯罪者、偽装脱出容疑者、韓国入国後1年が過ぎた脱北者、中国などで10年以上、居住した脱北者である。彼らは他の脱北者がもらえる定着支援金、住居支援、就業支援などがいっさい受けられない。2003年以降、韓国へ入国した脱北者の中で非保護対象者は172名、この中で韓国入国が1年過ぎて非保護対象者になった脱北者は126名で全体の77%である」

キム氏は語る。

「韓国統一部傘下のハナウォンでの一定の調査期間を経て非保護脱北者として分類された人々は政府の保護なしに突然、韓国社会へ放り投げられます。その人たちはすぐ『脱北難民人権連合』の事務所を訪れるんです」

どの団体も非保護脱北者のことまでは考えてないので、非保護脱北者のセーフティーネットの役割を果たす『脱北難民人権連合』には大きな意味がある。彼らにとって最も苦しいのは就職である。政府からの支援がいっさいないからだ。

キム氏は農業振興庁や中小企業の社長たちと頻繁に会いながら非保護脱北者が住み込みで働けるところを斡旋している。

「現在、彼らが最も多く仕事をする場所はソウル近郊の京畿《キョンギ》道楊平郡《ドヤンピョングン》というところです。山々に囲まれて農業が盛んな町。そこに住み込みで働きながらカボチャや白菜、ジャガイモなどを栽培する仕事に就くように斡旋します。また脱北者が技術を持っている場合には、その職種に合う中小企業の社長を訪ねて何か月間かだけ臨時的に雇用するように勧めます。そこで一定期間、働いてみてからお互いに問題がなければ正式に採用契約するケースもあるんです」

この活動をする理由についてキム氏はこう強調する。

「北朝鮮の住民は鴨緑江と豆満江を越えて家族と離れ離れになって第三国でさ迷い、途中でさまざまな苦労をしながら韓国へ来ます。ですから我々は鴨緑江と豆満江を越えるときから彼らの家族になって守ってあげたい気持ちなんです。家族なら一人でも見捨てるわけがないでしょう」

脱北難民人権連合の事務所のすぐ近くには大きな倉庫があり、全国の各団体から寄付されている電化製品や古着などがびっしり詰まっている。相談に来た人たちがいつでも自分に必要な服や布団、炊飯器などを持って帰れるようにしているのだ。

ある程度、古着が貯まると、定期的に船便で中国のシェルターにも送る。

シェルターで最も必要なものが韓国の服である。北朝鮮から脱出する際に来ている服は、その色や形から中国人の誰が見ても北朝鮮人であるとバレてしまう。すぐに韓国の古着に着替えさせるのが彼らを保護するための急務だ。だから古着を送る仕事は重要な意味を持つ。

ペットボトルは命綱

「2リットルのミネラルウォーターのペットボトルに半分ぐらいのお米を入れます。海に沈まないように量を調節して。お米が入ったペットボトル2個を紐で結び満ち潮の時期に38度線に近い韓国の江華島《カンファド》から海に投げます。

すると潮流に乗って北朝鮮側へ流れ、3時間後ぐらいになると黄海南道《ファンヘナムド》の海州《ヘジュ》近辺の海辺に着きますよ。

黄海南道は何年間も自然災害で農業がたいへん被害を受けた地域です。ペットボトル2個分のお米は北朝鮮勤労者の3か月分の給料と同じぐらいの価値です。北朝鮮当局は最初、「韓国側から毒薬が入ったお米が送られてくるので食べないで回収しろ」という命令を住民にしていたようです。

しかし住民が拾ったペットボトルの中に入っているお米を鶏に食べさせたらまったく死なないので、今は黄海南道の住民と軍人の間でペットボトル探しが人気を集めていると聞いています。そのペットボトルに入っているお米を食べた人が、のちに脱北して話してくれました。

「韓国側から流れてきたものだとわかった理由は、ペットボトルに韓国会社の商標が印刷されていたからです」

1回送る際に約500キログラム、ペットボトル450本ぐらいを使う。2018年2月末まで50回送っている。キム氏は「この活動を統一になるまで続けたい」と言う。理由は、独裁政治で苦しむ住民を助けられる唯一の方法であると判断しているからだ。

お米を拾って食べた人が「韓国へ行きたい」と思うきっかけになるかもしれないし、そういう脱北者が韓国へ10万人来ると、戦争なしに統一が可能になるかもしれないと熱く語る。

エピローグ

長い取材を経て、前章で最初に疑問を呈していた脱北ブローカーに対する結論を下さなければならない。

彼らは人権活動家なのか、弱みにつけ込んで金を儲ける悪質な連中なのか。

「弱みにつけ込んで金を儲ける悪質な連中」であるとしたら、数多くの脱北者を韓国へ連れてきているのでお金の匂いがプンプンしているはずだ。

しかし実際、二人のもとを訪れてみてわかったが、彼らは自分が持っているわずかなものでも寄付したいと思うぐらいで、お金持ちとは程遠かった。

現在3万人になる脱北者が韓国で暮らせるようになったのは彼らが最初に脱北の道を開拓したおかげであることを否定する人はいないだろう。金正恩時代に入ってもっと厳しくなった国境警備のせいで、脱北者の数はかなり減っている。

チョン牧師とキム氏が最も期待するのは30万人から40万人とも言われる中国に潜伏している脱北者たちの存在である。北朝鮮から脱出したものの人身売買されて中国人と暮らしている女性もいれば、中国社会でキツイ仕事をしながら身分がバレないように隠れている人もいる。

脱北費用を稼ぐために中国で一生懸命働きながら韓国行きを準備している人も多い。彼らは無国籍の上に、誰かが公安に申告すれば北朝鮮に送還されてしまうので、息をひそめて暮らしている。まともな人間として扱われない身分なので、「自由」に生きられない。

自由の翼を求めてくる彼らにとってチョン牧師とキム氏は、子供のためなら命を惜しまない親のような存在だ。親は子供が自由を得られるように助ければ助けるほど、自分の自由を犠牲にしなければならない。

実際、二人は何回も北朝鮮からの指令を受けた何者かから付きまとわれ、命の危険を感じたことがある。鋭い直感で危険を察知し、致命的な被害を免れてきたのだ。

弱者に対する深い愛情と、全身の細胞で危険を避ける鋭い感覚なしには、とても全うできない仕事だ。

取材を通じて、ごく限られた人のみがその任務を果たせる偉大な仕事であることを確認した。この二人以外に誰を人権活動家と呼べるのか。

現在の北朝鮮と韓国の状況下では、二人の存在は不可欠だ。

あとがき

現在、韓国に滞在する脱北者は3万人以上だ。政府機関の統一部は脱北者の安定的な定着を図るために多様な支援政策を進めているが、思惑通りに進んでいない。

目下、たいへん厳しい状況に置かれている。

脱北者の失業率をみると韓国住民に比べて二〜三倍も上回っている。

正社員としての在職率が低いため所得も低い。同じ民族の血が流れているとはいえ、外来語がわからず、仕事のルールも異なるので職場でのコミュニケーションがうまく取れないケースが多く見られる。

また「北朝鮮から来た」というだけの理由で社会的差別を受けることも多い。

しかし競争の激しい韓国ビジネスの世界に勇ましく飛び込み、あえて起業してから社会的成功を成し遂げた一握りの存在がいる。

それは奇跡に近い。

満身創痍になって言葉さえ不慣れな韓国に亡命してから失敗を繰り返しながらも、やがて成功に登り詰めた脱北者たち。

その人たちのビジネス・サクセスストーリーを直接、聞くことができた。

インタビュー中は一人ひとりの波乱万丈の人生談を聞くたびに感涙に咽《むせ》んだ。

韓国社会にうまく溶け込むことによってアイデンティティを確立し、今や韓国市民になっている彼らは今後、民族統一の橋渡し役としても貴重な存在になるだろう。

私はあらゆる苦境を乗り越えて成功した脱北者たちの経験談が、起業を躊躇《ためら》っている人たちに自信と勇気を与えるものとなることを願う。

まずは日本の若者たちに、本書を通してチャレンジ精神をもってほしい。

自ら起業する勇気を出すことによって自分と家族と社会にどれほど変化をもたらすのか、本書に登場する一人ひとりからヒントを得てほしい。

次に度重なるビジネスの失敗によりどん底に落ちている人でも、この脱北者たちの成功談を参考にすれば精神的に治癒され再起することができると確信する。

現在、脱北はしたものの中国で不法滞在を余儀なくされている多くの人たちがいる。

その人たちを含めていずれは韓国への亡命を夢見ている予備脱北者たちにも、この脱北者たちのサクセスストーリーは大きな「希望」を与えるだろう、と私は信じている。

最後に本書の原稿からすべての内容に多くの助言をいただいた作家の神山典士氏、駒草出版の浅香宏二氏、その他、本書を良い方向に導いて下さった多くの方々に、この場をお借りして深く感謝の辞を申し上げたい。

2018年5月

申　美花

「越境者たちの艱《かん》難《なん》辛《しん》苦《く》と成功の物語」

姜尚中
東京大学名誉教授

北朝鮮と聞けば、恐らく誰しもおぞましくもネガティヴなイメージが次から次に浮かんでくるだろう。極悪非道の独裁者が支配し、核とミサイルで世界を脅す、ならず者国家。統制や弾圧、拉致や粛清、公開処刑をも厭わない全体主義国家。北朝鮮は、ジョージ・オーウェルの『1984年』的な世界の生きた化石のような悪夢とみなされているのである。

そうした画一的なイメージの氾濫ゆえ、そこに住んでいる人々の生き生きとした顔など、まず思い浮かばないのではないだろうか。ナチス式に足を高々と上げて行進する蟻の群れのような兵士たち。訓練されたパフォーマンスでひと際《きわ》人目をひく「喜び組」の女性たち。女性ながら猛々しい口吻《こうふん》でプロパガンダ的な言葉を連発する国営テレビのアナウンサー。そして飢餓線上で苦しむやせ細った無表情の民衆など。せいぜいこの類のイメージしか浮かんでこないはずだ。

とすれば、そうした国家から脱出した「脱北者」となると、そのイメージはもっと貧しいものに違いない。それは、ミゼラブルな「難民」と同じ程度か、それ以下ではないだろうか。

しかし、本書を読み進めば、「脱北者」のイメージが根底から覆されると同時に、そこにどんな過酷な環境の中にあっても、泣きもし、笑いもし、涙ぐましい努力を通じて人生の夢を叶えようとする人々の生き様があることを知ることになるはずだ。そこには、もはや「脱北者」にまつわる、顔のない没個性的な悲惨のイメージはなく、実に個性的で、ヒューマンな、しかも越境者だけに備わる人間の多面性が生き生きと浮かんでくるのである。

本書が凡百の、奇をてらった「脱北者」のルポやドキュメンタリーの類よりはるかに抜きん出ているのは、「脱北者」たちの来歴を語る本書の著者が、単なる体制批判を超えて、グローバル化の時代を生きる新たなアイデンティティの可能性を提示しているからである。

もし著者も「脱北者」の来歴を持っていたとしたら、本書はこれほどの深い共感を生むことはなかったかもしれない。

著者は、激動の韓国史を生きてきた典型的な「韓国人」である。しかし、彼女は艱難を厭わず、日本へ、アメリカへ、祖国に戻り、そして再び日本へと、国境を跨《また》いでひた向きに「女の自立」を求め続けてきた「越境人」でもある。彼女は、ひとりの韓国人であり、ひとりの女性であり、ひとりの母親であり、ひとりの越境者であり、そしてひとりの「アントレプレナー」（起業家）であり、経営者でもあるのだ。

本書は、「脱韓者」と「脱北者」たちとの精神のスパーク（火花）が作り出す越境者たちの艱難辛苦と成功の物語という点で圧倒的な感動を呼び起こすはずだ。その物語に登場する「脱北者」たちは実に千差万別であり、下積みの庶民からインテリ、最下層から最上流層に至るまで、その境遇も個性もまちまちだ。しかし、彼らは今や、「脱北者」という、顔のない集合名詞の中に封じ込められるのではなく、実に生き生きとした個性的な相貌を持つ「越境者」として立ち現れてくるのである。

そして読者は、彼らの涙ぐましい「サクセス・ストーリー」の中に南北の分断線を超えた、来るべき統一コリアの曙光《しょこう》を見いだすことができるはずだ。たとえ、彼らが「脱北者」たちの数パーセントの成功者にすぎないにしても。

そしてその数パーセントの「サクセス・ストーリー」の裏に「脱北者」たちを支え続けてきたチョン・ギウォン牧師のような、無私の心を持った「協力者」の存在があることを知れば、どんなに過酷な世界の中でも希望の灯火は燃え続けているということを知ることができるに違いない。

グローバル化の猛々しい波に立ち竦《すく》みがちな若者たちに是非とも一読してほしい。

参考文献

プロローグ　自分は何者か

●新聞

・聯合ニュース「数字で見た６・25戦争…韓国軍死亡者13万７８９９名」２０１５年6月24日

●ウェブサイト

・統一部「北韓情報ポータルサイト」

http://nkinfo.unikorea.go.kr/nkp/overview/nkOverview.do?sumryMenuId=SO303

小さな統一

●書籍：韓国語版

・チョン・グンシクほか（２０１７）『２０１６ 統一意識調査』ソウル大学校統一平和研究院

●ウェブサイト

・オーマイニュース「変わった彼女たち、アジア競技大会の『北女』熱風」

http://www.ohmynews.com/NWS_Web/view/at_pg.aspx?CNTN_CD=A0000092011

・韓国統計庁「２０１６年合計出産率」

http://www.index.go.kr/potal/main/EachDtlPageDetail.do?idx_cd=1428#quick_02
・チェ・スヨンほか（1995）『1995年度統一問題国民世論調査』民族統一研究院
http://unibook.unikorea.go.kr/libeka/elec/WebBook_data4/kinu/48198.pdf
・デイリアン「初めてお会いする人にオールインする脱北女性たち」
http://www.dailian.co.kr/news/view/519712/?sc=naver
・NK結婚ホームページ
http://www.nkworld.co.kr/
・ポリニュース「パク・セイル教授『韓半島の夢は先進統一大国へ、世界の中心国家に跳躍しよう』」2015年1月28日
http://www.polinews.co.kr/news/article.html?no=225630

命を懸けて自由を得た

●書籍：韓国語版

・南北ハナ財団（2015）『2015北韓離脱住民経済活動実態調査』
・ヒョン・イネほか（2014）『北韓離脱住民が見た着韓事例』南北ハナ財団

●新聞

・韓国経済新聞「シン・ギョンスンKid'sヤクバム代表、脱北者の限界超えて韓国で成功した秘訣

は」2013年5月19日

●雑誌

・「統一フォーカス第2号」『北韓離脱住民成功ストーリー』、2012年8月1日、民主平和統一諮問会議

●ウェブサイト

・朝日新聞デジタル「中朝国境人身売買、仲介業者が暗躍　国境警備隊も結託」2010年2月11日
http://www.asahi.com/special/08001/TKY201002110103.html

・甘栗太郎のホームページ
http://www.amaguritarou.co.jp/

・Kid'sヤクバムのホームページ
http://www.kidsbam.com/

・高英起「中国犯罪組織に『売買』される北朝鮮の女性たち」デイリーNKジャパン、2016年3月28日
http://dailynk.jp/archives/63962

・新世界モール
http://shinsegaemall.ssg.com/item/itemView.ssg?itemId=000003725343&siteNo=60064567cc1fba6d6c2587 8075c0ebde9bc%7Ctr%3Dsls%7Csn%3D6%7Chk%3D2ec322eb5e622e4a44ae4c79

db9eb270182799a8#cdtl_ItemComment
・ロッテホームショッピング
http://www.lotteimall.com/goods/viewGoodsDetail.lotte?goods_no=8551057&NaPm=ct=jboxcqa0%7Cci=2a56069f7db5e157b75a75c38b005d2ffa529eff%7Ctr=sls%7Csn=8%7Chk=7ba425463815c42a615c2101f983dea26840c98e&chl_dtl_no=2540914&chl_no=141370

筆の力と国家

●書籍：韓国語版
・チャン・ジンソン（2014）『敬愛なる指導者へ』チョ・ガプチェ・ドットコム
・チャン・ジンソン（2008）『わたしの娘を100ウォンで売ります』チョ・ガプチェ・ドットコム
●書籍：日本語版
・チャン・ジンソン（2008）『わたしの娘を100ウォンで売ります』ユン・ユンドゥ訳、晩聲社
・チャン・ジンソン（2012）『平壌を飛び出した宮廷詩人』ユン・ユンドゥ訳、晩聲社
・チャン・ジンソン（2013）『金王朝「御用詩人」の告白―わが謀略の日々』西岡力監修、川村亜子訳、文藝春秋

●新聞

・文化日報「北住民の惨憺たる死、お米ではなく人権がなくて起きた悲劇」２０１６年８月17日

・東亜日報「国連報告書『北朝鮮の苦難の行軍は体制犯罪』」２０１４年２月25日

●放送

・RFA（Radio Free Asia）「脱北者新聞NEW FOCUSを発行する」２０１４年４月８日

・WIKITREEソーシャル放送、「脱北詩人チャン・ジンソンの詩のような人生話」２０１２年５月６日

●ウェブサイト

・５・18記念財団
http://www.518.org/main.html?TM18MF=A030106

・産経ニュース「[グローバルインタビュー] 韓国の歴史教育に一石を…代案教科書の李栄薫教授」２００８年９月７日
http://web.archive.org/web/20080910025821/http://sankei.jp.msn.com:80/world/korea/080907/kor0809071542000-n4.htm

・脱北者同志会ホームページ「地球上でもっとも貧富の格差の大きい北朝鮮―チャン・ジンソン」２０１０年３月15日
http://nkd.or.kr/community/forum/view/1609

・NEW FOCUSホームページ「最近、北朝鮮で爆発的な人気を博す一字型眉タトゥー」２０１６年8月18日
http://newfocus.co.kr/client/news/viw.asp?cate=C01&mcate=M1003&nNewsNumb=20160818997
・NEW FOCUSホームページ「最近、北朝鮮で流行するヘアスタイル?!」２０１６年7月27日
http://newfocus.co.kr/client/news/viw.asp?cate=C01&mcate=M1003&nNewsNumb=20160718899
・HUFFPOST「光州事件から35年　１９８０年5月、韓国の街は戦場だった」２０１５年5月19日
http://www.huffingtonpost.jp/2015/05/19/kwangju-35th-aniv_n_7311100.html

3坪で始めた自立

●書籍：韓国語版
・南北ハナ財団『頑張れ！就職成功』北韓離脱住民就業支援プログラムマニュアル活用案内
●新聞
・朝鮮日報「裁縫技術信じて果敢に創業、2年間で店舗5つ運営」、２０１６年5月31日
・国民日報「毎年脱北者２０００人がタイに流れ込んでいる…現在90名収監、中国－ラオス－タイルート活用」、２０１６年1月27日

●放送
・ＴＶ朝鮮「モランボンクラブ １２０回『映像でわかるハナウォンの実態』」２０１８年1月2日
●ウェブサイト
・キム・キオク（２０１０）『朝鮮族』韓国民族文化大百科事典、韓国学中央研究院
http://encykorea.aks.ac.kr/Contents/Index?contents_id=E0068435
・韓国放送通信大学校
https://www.knou.ac.kr/
・COURRIER JAPON「韓国で１２００人に達した『脱北社長』は南北統一の架け橋になるか」2016年6月23日
http://courrier.jp/news/archives/54898/
・「タイの脱北者政策、強硬に旋回か?」デイリーＮＫジャパン、２００９年2月5日
http://dailynk.jp/archives/4182
・「タイの収容所、脱北者のオーダーメイド式のプログラムが必要」デイリーＮＫジャパン、２０１２年10月24日
http://www.dailynk.com/korean/read.php?cataId=nk04503&num=96980
・南北ハナ財団「統計資料」２０１７年6月末統計
https://www.koreahana.or.kr/intro/eGovHanaStat.jsp.

お笑い芸人から飲食業界の社長へ

●新聞
・毎日経済新聞「北韓出身チョン・チョル氏『カルビの売り上げが100億ウォンになりました』」2008年5月15日
・毎日経済新聞「韓国で23回目の正月を迎える脱北起業家チョン・チョル氏『忙しくて北朝鮮を考える暇はありません』」2011年2月1日
・日本経済新聞「大卒就職率97・6% 今春、最高更新 求人増・女性牽けん引」2017年5月19日付夕刊
●放送
・Channel A「今会いに行きます 101回『知られていない北韓最上流階級からの脱北者、チョン・チョルの家柄』」2013年11月17日
・Channel A「今会いに行きます 117回『父親がキム・イルソンと兄弟のような関係だったにもかかわらず脱北したチョン・チョル』」2014年3月9日
・YTNサイエンス「青年創業Runway『脱北1世代芸能人、飲食店でホームレスから億万長者へ人生逆転! チョン・チョル飲食サラン代表』」2015年7月23日

●ウェブサイト
・厚生労働省
http://www.mhlw.go.jp/stf/seisakunitsuite/bunya/kenkou_iryou/shokuhin/haccp/index.html
・教育部「２０１６年高等教育機関卒業者就業統計」
http://kess.kedi.re.kr/post/6662784?itemCode=04&menuId=m_02_04_02
・The Asia N「脱北者1号起業人チョン・チョルの夢『故郷冷麺を成功させた人として記憶されたい』」２０１５年４月６日
http://kor.theasian.asia/archives/133510
・チョン・チョル飲食サランホームページ
http://smartstore.naver.com/foodsloves
・マネートゥデイ「カルビ売り上げ１００億ウォン→１０００億ウォン…大儲けの秘訣は？」
http://news.mt.co.kr/mtview.php?no=2011072208235092576&type=1
・ニュース１「起業人チョン・チョル『過去詐欺で騙された金額38億ウォン』」
http://news1.kr/articles/?2513773

脱北者の命を守る２人のプロ

チョン・ギウォン

●書籍：日本語版

・李学俊《イハクジュン》（２０１３）『天国の国境を越える』澤田克己訳、東洋経済新報社

●新聞

・国民日報「脱北者を助けて拘束、チョン・ギウォン牧師『私を追放させた中国の検事を婿として迎えます』」２００６年9月26日

・朝鮮日報「パク・ジョンインが出会った一筋の人生『9年間で脱北者７０６名を救ったチョン・ギウォン』」２００８年3月22日

●放送

・Channel A News「パク・ジョンジンのケドナンマー『チョン・ギウォン 脱北を助けて何度も死ぬところだった』…その訳は？」２０１３年6月27日

●ウェブサイト

・ドゥリハナ宣教会ホームページ
http://www.durihana.com/

・チン・ヒカン（２０１２）『在日朝鮮人北送事業』韓国民族文化大百科事典、韓国学中央研究院
http://encykorea.aks.ac.kr/Contents/Index?contents_id=E0070301

・RFA（Radio Free Asia）「脱北青少年合唱団を導くチョン・ギウォン牧師」２０１４年3月24日

https://www.rfa.org/korean/weekly_program/rfa_interview/rfainterview-03242014101729.html?searchterm:utf8:ustring=%ED%95%A9%EC%B0%BD%EB%8B%A8+%EC%B2%9C%EA%B8%B0%EC%9B%90+%EB%AA%A9%EC%82%AC

キム・ヨンファ

●書籍：日本語版

・金龍華《キムヨンファ》（２００２）『北朝鮮から逃げ抜いた私』長谷川由起子訳、毎日新聞社

・金龍華《キムヨンファ》（２００３）『ある北朝鮮難民の告白』長谷川由起子訳、窓社

●新聞

・日曜ソウル「脱北者６０００名を救出した『脱北者のゴッドファーザー』キム・ヨンファ・脱北難民人権連合会長」２０１３年6月17日

●放送

・Channel A「今会いに行きます　73回『脱北者のメンター、キム・ヨンファ会長の脱北物語』」２０１３年5月5日

・RFA（Radio Free Asia）「脱北者支援活動家として変身した脱北者キム・ヨンファ」２００５年2月16日

・RFA（Radio Free Asia）「脱北難民人権連合キム・ヨンファ代表」２０１３年8月5日

・RFA（Radio Free Asia）「非保護脱北者の現実」２０１５年12月24日

●ウェブサイト

・時事ジャーナル、「脱北者キム・ヨンファ氏、北朝鮮住民の証拠なくて追放危機」１９９６年７月18日
https://www.sisapress.com/journal/articlePrint/87939
・脱北難民人権連合ホームページ
http://www.nkr.or.kr/
・NewDaily「脱北者の父！　キム・ヨンファ！　６千名を救った真の脱北支援団体！」２０１２年９月11日
http://www.newdaily.co.kr/site/data/html/2012/09/11/2012091100012.html
・ニュースチョンジ「人と暮らし『脱北難民人権連合　キム・ヨンファ会長』」２０１２年６月１日
http://www.newscj.com/news/articleView.html?idxno=134863
・Nocut News「『チラシ』代わりに『お米』……ペットボトルにお米入れて北朝鮮へ送る」２０１６年７月18日
http://www.nocutnews.co.kr/news/4624545
・ＶＯＡニュース、「韓国政府から支援を受けられない非保護脱北者を統一のために受け入れなければならない」２０１５年11月12日

http://www.voakorea.com/a/3054677.html

• yanagiharashigeo.com,『北朝鮮から逃げ抜いた私』（金龍華著）の「解説」
http://www.yanagiharashigeo.com/report/corean_report1.htm

［著者］申《しん》 美花《みふぁ》
韓国から文部科学省奨学生として1986年来日。一橋大学大学院商学研究科修士課程修了後、株式会社アイ・アールジャパンで4年間勤務。人生最大の冒険は生後9か月と2歳の乳幼児を連れて3人でアメリカのニューヨークに留学したこと。茨城キリスト教大学経営学部教授。慶應義塾大学大学院商学博士。

脱北者《だっぽくしゃ》たち
北朝鮮から亡命、ビジネスで大成功、奇跡の物語

2018年5月31日　第1刷発行

著　者　申《しん》 美花《みふぁ》

発行人　井上弘治
発行所　駒草出版　株式会社ダンク出版事業部
〒110-0016　東京都台東区台東1-7-1 邦洋秋葉原ビル2階
電話 03-3834-9087
http://www.komakusa-pub.jp

印刷・製本　シナノ印刷株式会社

ISBN978-4-905447-92-4 C0036